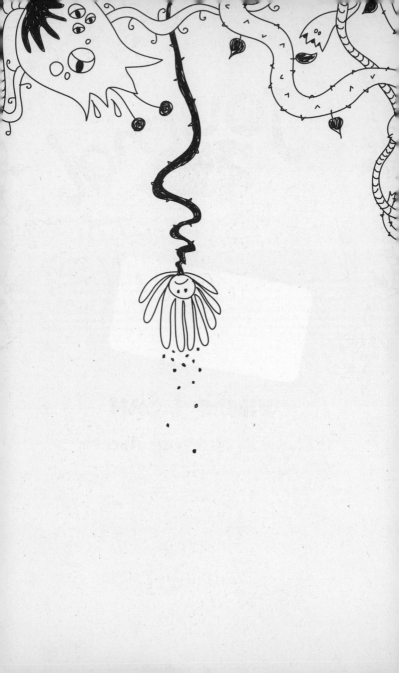

Journal d'une Peste

VIRGINY L.SAM

Illustré par **MARIE-ANNE Abesdris**

La Martinière j.
FICTION

Mise en pages : Marie-Anne Abesdris.

Polices : *Nowherebound* et *South of Knowing Why*
© Raquel Botelho de Carvalho Tavares. Tous droits réservés.

© 2015, Éditions de La Martinière Jeunesse,
une marque de La Martinière Groupe, Paris.

© 2017, éditions Pocket Jeunesse, département d'Univers Poche
pour la présente édition.

ISBN : 978-2-266-27643-6

Dépôt légal : février 2017

Loi n°49-956 du 16 juillet 1949 sur les publications destinées à la jeunesse :
février 2017.

Moi c'est FANNETTE

• • •

Je ne sais pas ce que vous en pensez, mais la vie est quand même vachement monotone. 😞 Enfin, je veux dire, si on se contente de faire les choses dans les **NORMES**, les choses **QUI SE FONT**, les choses **AUTORISÉES**.

Je ronfle déjà d'ennui !

ZZZ ZZZ

6

ou encore...

NE mets PAS
le chat dans le
micro-ondes

Avoue que
tu y as déjà
pensé, hein?

Et encore, ceci n'est qu'un échantillon de tout ce qu'on
entend à longueur de journée ! Je pourrais remplir dix
cahiers rien qu'avec les **interdictions démoralisantes** que
j'ai entendues dans ma courte vie.

Fais pas Ci !

Fais pas ça !

NON

NON

Si on réfléchit bien, pour les parents, l'éducation consiste en deux choses : RÉPÉTER mille fois les mêmes conseils stupides, (et) INTERDIRE tout ce qui pourrait rendre la vie plus marrante.

Dire que la plupart des enfants se plient à ces règles d'éducation sans broncher, et appliquent toutes ces consignes déprimantes à la lettre...

Pas étonnant que le monde soit peuplé d'adultes dépressifs et

Psychopathes!

AÏE !

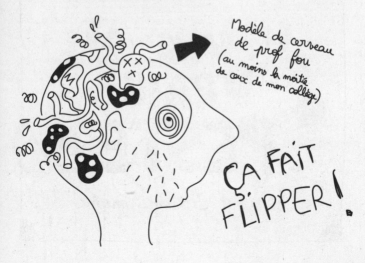

Modèle de cerveau de prof fou (au moins la moitié de ceux de mon collège)

ÇA FAIT FLIPPER !

♡ __MOI__, j'ai décidé de faire de la

 RÉSISTANCE

Ⓐ marche !

Pas envie d'être polie, pas envie de tout faire bien et d'être gentille avec tout le monde. nia nia nia

Vous voyez à quoi ressemble une petite fille sage ? Moi, je suis tout l'inverse.

" UNE "
VRAIE
PESTE

comme dit ma mère.

Mais (attention) , faut pas croire :

ÊTRE UNE PESTE, c'est pas facile tous les jours. Ça demande de la RIGUEUR et de la <u>méthode</u>. Et pour garder des preuves de tous ces efforts héroïques pour que la vie soit moins ennuyeuse, le mieux est encore de tenir un genre de journal.

(Et moi à force de pratiquer, j'ai quelques **trucs et astuces** très utiles à vous donner.)

Mais avant d'aller plus loin, je vous remercie de signer la Charte d'appartenance à la Confrérie des Pestes.

↳ Pages suivantes !

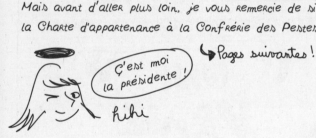

C'est moi la présidente !

hihi

Fannette B. 12 ANS

👍 J'aime

11

CHARTE D'APPARTENANCE À

la Confrérie
des Pestes

Si, toi aussi, tu penses que :

✖ Le monde est **NUL** si on
fait tout pour être parfait.

✖ Être soi-même, c'est oser ne **PAS**
faire forcément comme tout le monde.

✖ Si être soi-même, c'est être différent,
il **FAUT** oser être différent.

Alors

BIENVENUE

dans

la Confrérie des Pestes !

BULLETIN D'ADHÉSION À
la Confrérie des Pestes

Moi, ...

(écris ton nom sur les pointillés)

je m'engage :

☑ A toujours dire et assumer ce que je pense **VRAIMENT** sur les choses et les gens (même si c'est pas joli-joli).

☑ À respecter et défendre toute personne qui, comme moi, dit et assume ce qu'elle pense **VRAIMENT** sur les choses et les gens (même si c'est pas joli-joli).

☑ À ne jamais prendre en modèle une personne qui fait **TOUT** ce qu'on lui dit de faire, ni une personne trop parfaite.

☑ À assumer mon statut de **PESTE** au sein de ma famille, de ma classe, et de tous les groupes de personnes que je fréquente.

En guise de signature, dépose ici une goutte de ton sang. (ou un crachat)

Au début, j'ai commencé par écrire un journal **comme tout le monde**, en racontant mes journées, les choses cool et les choses pas cool. Mais très vite, écrire un journal **comme tout le monde**, ça m'a ennuyée. Comme le reste des choses qu'on fait **comme tout le monde**, d'ailleurs.

Alors j'ai trouvé une formule plus MARRANTE. Raconter, d'accord, mais surtout donner des idées, des astuces pour perfectionner sa technique de **PESTE**. En tant que présidente de la Confrérie des Pestes, je dois bien ça à mes chers adhérents. ♡
♡ ♡ ♡

Une façon de faire différente pour tenir un journal sans renoncer à qui je suis vraiment : UNE VRAIE PETITE **PESTE** !

ET C'EST TOUT UN ART !

PESTE

Si ça peut
te donner
des idées...

BONNE LECTURE À TOI

Lorsque j'ai décidé d'écrire un journal, une chose **évidente** m'est apparue :

Je ne vais pas écrire **MON JOURNAL** sur un cahier Auchan, genre petit format 76 pages à grands carreaux !

TROP NAZE !

Pour écrire un journal, il faut un cahier qui ait un minimum d'allure, **quelque chose de CLASSE, de BEAU, d'UNIQUE,** d'aussi spécial que tout ce qu'on va écrire dedans.

Charly, mon meilleur ami depuis la sixième, m'a dit qu'il connaissait une vieille PAPETERIE où je trouverais mon bonheur.

Mercredi midi, en sortant du collège, il m'y a emmenée.

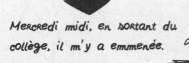

Charly, trop cool !

AU SECOURS LA PAPETERIE !

PAPETERIE *La Vieille Bic*

Cette boutique doit avoir au moins **100 ANS** !
La preuve dans la vitrine : une « magnifique » collection
de stylos Plume nacrés avec plume en OR (le truc qui ne
se fait plus, quoi !)

C'EST UNE BLAGUE ?

Charly m'a dit d'arrêter de râler et d'aller
voir l'autre vitrine.

Et c'est là que je l'ai vu, posé dans un coin, comme abandonné : un GROS cahier à couverture en tissu jaune fermé par un ruban liberty noir et blanc.

jaune

Noirs Blanc

Whouaaah THE Carnet !

Dès l'instant où mes yeux se sont posés dessus, j'ai vu que c'était LUI.

Je ne sais pas si on parle de coup de foudre pour une fille qui tombe raide dingue d'un cahier, mais c'est ce qui m'est arrivé. Charly a insisté pour qu'on entre voir les autres modèles à l'intérieur, mais moi j'étais bloquée, là, complètement hypnotisée par ce cahier.

PROBLÈME : il coûtait 12€ et j'avais dépensé tout mon argent de poche du mois en Headbands (le seul accessoire de fille que je porte régulièrement).

Plus un euro en poche, donc ! **LA DÈCHE!**
Et pourtant, **impossible** d'imaginer écrire mon journal sur autre chose que sur (CE) cahier-là.

Alors, sans quitter le cahier des yeux, j'ai appelé ma mère, qui travaille à quelques rues de là dans son magasin de fleurs , et je lui ai demandé de me rejoindre **d'urgence**.

Vite maman !
Y a urgence !

M'man

Qu'est-ce qui se passe ?
Tu es blessée ?
Ça ne va pas ?
C'est grave ?

Hyper grave!

Pour la faire venir plus vite, j'ai raccroché sans répondre, et ça n'a pas loupé : elle est arrivée en courant à peine 4 minutes 22 secondes plus tard (j'ai chronométré). Tip

Bonnes jambes !

Elle m'a serrée dans ses bras comme si je revenais de parmi les morts †, puis elle a pris un air super inquiet pour me demander ce qui se passait.

Mamounette chérie, il faut ABSOLUMENT que tu m'offres ce cahier parce que je vais me mettre à l'écriture d'un journal et que c'est sur CE CAHIER-LÀ que je dois le faire.

please...

Elle est restée sans voix une seconde, puis elle a hurlé avec sa voix aiguë de quand elle est très en colère :

7ʳᵉ seconde

Tu m'as fait quitter mon travail pour ça, Fannette ?! Mais tu es complètement FOLLE ma fille !

2ᵉ seconde et Toute la VIE!

Pffff...

Ça va, elle vend des fleurs... C'est pas comme si elle travaillait aux urgences d'un hôpital. Les gens peuvent bien attendre un peu avant d'acheter leurs tulipes !

On dirait qu'elle aurait préféré qu'il me soit arrivé quelque chose de grave. À tous les coups, dans ce cas-là, elle ne se serait pas énervée.

Rester Calme... Prendre sur soi... Garder son sang-froid...

Le fameux Self-control, quoi !

Les parents sont vraiment des gens BIZARRES !

J'ai l'impression que PERSONNE ne m'encourage JAMAIS dans ce que je fais.

Le jour où Éva (ma petite sœur de 5 ans) a voulu commencer la pâte à modeler, ma mère lui a acheté la **MÉGABOÎTE À 29€** avec toutes les couleurs du monde. Personne ne lui a demandé si elle avait l'intention d'y jouer pendant deux heures ou pendant 25 ans ! Moi, pour un **SIMPLE CAHIER À 12€**, on me dit **NON!** et on me traite de folle.

PÂTE À MIOCHES

29€

12€

NON Fannette !

Bien sûr ma chérie

abusé!

Ensuite, ma mère a tourné les talons et est repartie en direction de son magasin en CRIANT :

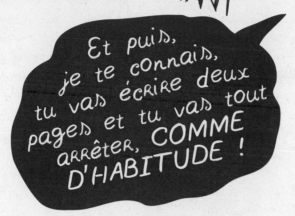

Et puis, je te connais, tu vas écrire deux pages et tu vas tout arrêter, COMME D'HABITUDE !

C'est dingue comme mes parents ont une image NULLE de moi.

↓ ↓ ↓

Il y a quelques jours, mon père disait que je parlais beaucoup trop pour ne dire que des choses INTÉRESSANTES. Génial ! Merci papouret !

Et maintenant, voilà ma mère qui pense que je suis quelqu'un qui commence un tas de choses et qui ne les termine jamais. Re-génial ! Merci la vie !

Bon, j'avoue, je n'ai jamais fini l'écharpe que j'avais commencé à tricoter quand ma grand-mère Mamina m'avait appris le point mousse. Mais, entre nous, tricoter, c'est d'un répétitif !

« Une maille dessus, une maille dessous, je tourne l'aiguille et je recommence... »

Plus ennuyeux*, y a pas !

* (Sauf, peut-être, les vieux westerns nuls que mon père achète en DVD et impose à tout le monde le samedi soir !)

Et puis, essayer plein de choses, ça a des avantages. Comme dit **PÉPÉ GASTON** :

Comme ça, tu mourras moins bête.

eXACTEMENT !

BONNE PESTOLUTION N°1

(Toutes les bonnes résolutions de ce livre ont été validées par la Confrérie des Pestes et portent donc l'honorable titre et label pestolution.)

Ne jamais dire à nos parents les choses qu'on a l'intention de faire. Comme ça, on ne prend pas le risque de se faire critiquer si on abandonne en cours de route.

(Changer d'avis, c'est humain ! et ouais !)

chut...

Le soir, à table, ma mère a parlé à mon père de ce qu'elle a appelé **« l'incident du jour »**. J'ai expliqué à papa qu'il me fallait absolument ce cahier, que c'était quasiment une **QUESTION DE VIE OU DE MORT**, et que s'ils refusaient de me l'offrir, je ne leur adresserai plus la parole jusqu'à la fin de l'année.

Mon père m'a dévisagée comme si je lui demandais une Ferrari, et puis il a dit : **« Je ne parle pas aux capricieuses »** avant de changer de sujet pour parler de son travail, comme d'habitude.

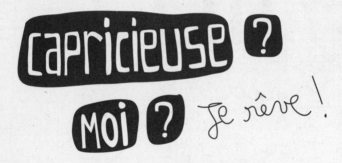

capricieuse ? moi ? je rêve !

Quand **Éva** se roule par terre dans la boulangerie pour un Carambar, mes parents disent qu'elle apprend la frustration, alors que, **moi**, je réclame une fois dans ma vie un **BEAU** cahier, et je suis

capricieuse.

Bref, si je voulais ce cahier (et je le voulais très fort !), il allait falloir que je ruse.

Et c'est en voyant Éva tripoter sa dent de devant qui bouge depuis des semaines que la solution m'est apparue.

TiLT !

Idée géniale à l'horizon !

PROPOSER un marché à Éva.

Elle tire sur sa **DENT** pour la faire tomber, puis se roule par terre en exigeant **LE CAHIER JAUNE** de la vitrine comme cadeau de petite souris, et en échange du cahier je lui donne ce qu'elle veut de ma chambre.

① TIRER FORT!

② CRIER FORT!

maman

③ LAISSER CE MOT À LA PETITE SOURIS!

je voudrais le cahier jaune de la papeterie ÉVA

Une chance : ma petite sœur ne croit plus à la petite souris depuis que ma mère s'est pris les pieds dans son château Barbie en voulant déposer une pièce sous son oreiller.

AÏE

← Barbie "Fée des dents"

Ne plus croire à la petite souris = GROSSE DÉCEPTION pour Éva, car elle avait l'intention d'essayer de l'apprivoiser pour avoir des sous toutes les nuits.

COMPLET

Face au deal que je lui proposais, Éva a hésité un peu et puis a accepté :

> D'accord, Fannette, mais tu zures que ze peux prendre ce que ze veux dans ta chambre.

heu, bon d'accord ¨

J'ai juré, et elle a arraché sa dent d'un coup sec, sans pleurnicher, même pas impressionnée par le sang qui coulait dans sa bouche. (Étonnante, cette petite, parfois !)

MOI, J'AI FAILLI M'ÉVANOUIR ...

100% Sang

Le lendemain, (le) cahier était sur mon bureau !

Grottes de souris hihihi

Merci petite souris!

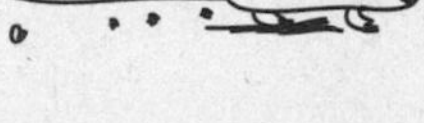

37

BONHEUR!

ÉMOTION!

Et petite larme qui coule !

Seul petit imprévu : parmi les tonnes de choses qu'il y a dans ma chambre, Éva a choisi celle à laquelle je tiens le plus : **ma lampe à bulles vintage !** Celle que je regarde pour me calmer quand je suis énervée.

REMÈDE ANTI-STRESS

TOP RELAXANT !

ZEN

J'aurais pourtant juré qu'avec ses goûts de bébé, elle choisirait mon pot à crayons Scoubidou (gagné dans un paquet de céréales), mon coussin à grosses fleurs ou mon poster de Robert Pattinson (lui, il n'y a pas d'âge pour le trouver beau !). **Mais ma lampe à bulles !**

NOOOOON !

Je suis trop dégoûtée !

Comme j'avais juré, j'ai dû la lui donner, mais j'ai tout fait pour ne pas montrer que j'avais les **MÉGA BOULES** (si je veux avoir une chance de pouvoir la récupérer, il va falloir que je la joue fine).

Ma lampe à bulles ? T'es sûre Éva ? Elle est **PAS TERRIBLE** et puis franchement les bulles ont des formes **BIZARRES**, et puis le produit à l'intérieur, à mon avis, c'est **TOXIQUE**...

Mais rien n'y a fait. Quelle tête de mule, celle-là, je vous jure.

Quoi qu'il en soit, j'ai eu MON CAHIER !

YEEEES !
VICTOIRE!

Avant de commencer à écrire, j'ai décidé de lui trouver **UNE CACHETTE**. Un endroit sûr où personne ne risquerait de mettre son nez. Parce que chez moi, entre **ma mère qui est une fouineuse** (elle fouille dans les tiroirs de mon bureau quand je suis sous la douche) et **Éva qui prend ma chambre pour une annexe de la sienne**, pas facile de garder un secret.

CONFIDENTIEL

pas touche !
⚠ Fermeture électrifiée

Soit dit en passant, FOUILLER dans les affaires de ses enfants sans leur dire, c'est vraiment pas très glorieux !

D'ailleurs, pour que ma mère se rende compte que ça ne se fait pas d'espionner les membres de sa propre famille, de temps en temps, je lui réserve de petites **SURPRISES...** ➡ ➡ ➡ ➡

C'est par là...

Petits MOTS à cacher

Salut. Qu'est-ce que tu fais dans **MA** chambre ?

La vie privée, tu connais **?**

Si tu cherches quelque chose de précis, **demande-moi**, ça ira plus vite !

Pas la peine de te fatiguer, mes secrets sont **trop bien cachés**. **DÉSOLÉE.**

Ajouter en P.-S. en bas de chaque petit mot : « Au fait, j'ai acheté un révélateur d'empreintes digitales aux Experts Miami. **T'ES GRILLÉE !** »

dans sa chambre pour les parents qui fouillent

Tu dois **VRAIMENT** t'ennuyer dans ta vie pour fouiller dans la chambre des autres.

SI TU T'ENNUIES À CE POINT, VA VOIR UN PSY !

DÉGAGE IMMÉDIATEMENT DE MA chambre !!

Conclusion

En général, pendant quelques jours, le parent fouineur n'ose même plus vous regarder dans les yeux. Trop la honte, d'avoir été pris en flagrant délit !

PÉPÉ GASTON

l'amour de ma vie

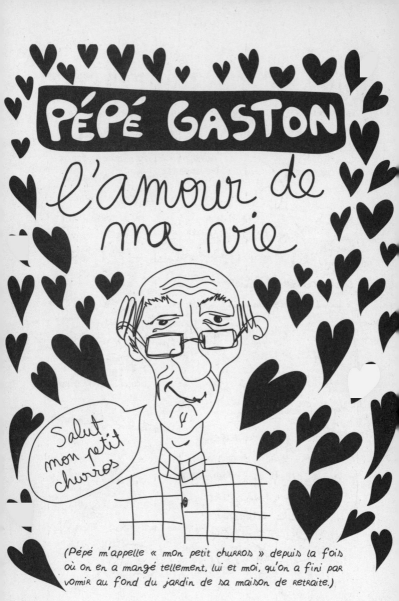

Salut mon petit churros

(Pépé m'appelle « mon petit churros » depuis la fois où on en a mangé tellement, lui et moi, qu'on a fini par vomir au fond du jardin de sa maison de retraite.)

Hier en rentrant du collège (je suis en cinquième), j'avais à peine posé mon sac dans l'entrée et enlevé mon blouson que ma petite soeur, Éva, s'est ruée sur moi comme une furie :

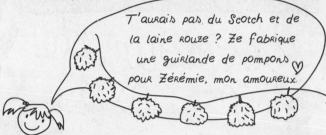

T'aurais pas du Scotch et de la laine rouze ? Ze fabrique une guirlande de pompons pour Zérémie, mon amoureux ♡

Le zozotement d'Éva :

→ trop mignon quand elle dit :

T'es pas saze, Fannette, mais ze t'aime fort.

Moi aussi ma choupinette ♡

→ mais vraiment trop chiant quand elle fait un caprice du genre :

Ze veux du zambon !
Parce que le zambon, c'est qu'est-ce que ze préfère manzer ! Du zambon !
Du zambon !
Du zambon !...
✗ 1000

Envie de meurtre ♪♪♪

45

Éva passe sa vie à fabriquer des objets moches et parfaitement inutiles pour ses amoureux. Parce qu'elle est **TOUJOURS amoureuse...** mais jamais du même mouflet. Alors, à chaque fois, c'est reparti pour une session d'art créatif douteux à base de pâte à modeler, vieux bouts de tissu, pots de yaourt vides ou rouleaux de PQ.

Oh, un bateau en fil de fer et sopalin... C'est pour moi ?

Il irait bien dans ma chambre **ICI !**

Éva n'a que 5 ans, mais je suis sûre que si on comptabilisait les petits gars qui ont fait vaciller son cœur depuis son entrée en maternelle, on serait très étonné du nombre.

RECORD BATTU !

Qu'Éva soit une **LOVE** collectionneuse, personnellement, ça m'est égal. Le souci, c'est qu'à **CHAQUE FOIS** qu'elle mentionne une nouvelle conquête, j'ai droit (de la part de ma mère, ou de mon père, ou des deux à la fois) à la même réflexion désagréable :

« Et toi, Fannette ? Tu ne nous parles jamais de tes petits copains. »

En général, je me lève en levant les yeux au ciel et je rejoins ma chambre, le seul endroit de cet appartement où je suis **VRAIMENT** tranquille.

C'est vrai, moi, je ne suis jamais amoureuse. Et alors ? C'est comme ça.

À part Théo, que j'avais rencontré à l'éveil musical, il y a au moins un siècle, je n'ai jamais craqué vraiment pour aucun garçon.

Le tambourin et les maracas, ça rapproche !

Tchi Tchi

oui, c'est chaud !

Remarquez, c'est peut-être pour équilibrer la famille : Ma sœur nous ramène tous les morveux de sa cour de récré, et moi, **Personne**.

En même temps, pour **tomber amoureuse**, faudrait encore que se présente l'objet de mon amour, et c'est pas des gars comme Kevin, Jonas ou William qui vont me donner envie !

gamin

prétentieux

Lourd

dans tous les sens du terme

En CM2, j'ai failli avoir une histoire avec Carlos Ruez. Malheureusement, quinze jours après la rentrée, il est reparti vivre au Mexique. Pas de bol.

Adiós mi amor

Et l'année dernière, au handball, Vincent (le plus beau gardien de but que la Terre ait jamais porté) me plaisait bien, jusqu'au jour où j'ai compris que l'odeur infecte des vestiaires des garçons provenait de son sac à dos : il emportait toujours un casse-croûte au camembert pour après l'entraînement. Or le fromage et moi, disons qu'on n'est pas vraiment les meilleurs amis du monde !

Jolie fille qui sent bon

Camembert puant

COHABITATION IMPOSSIBLE !

Bref rien de vraiment sérieux, ni même susceptible d'être noté dans les annales. Une vie amoureuse de marmotte quoi !

Si je regarde autour de moi, aujourd'hui, il y aurait bien Charly. Mais c'est MON MEILLEUR AMI, et je ne peux pas être amoureuse d'un ami, sinon ce ne serait plus un ami, et Charly je l'aime beaucoup trop comme ami.

Charly
mon super ami
+ + +

Ou alors il y aurait Blaise, à la limite. Il est sympa et, en plus, galant. Il ouvre les portes et laisse toujours passer les filles devant, et ça, c'est ce que moi j'appelle : *la classe*. Mais l'énorme problème avec Blaise, c'est qu'il est PLUS PETIT QUE MOI D'AU MOINS 10 CM !

Et ça, c'est ÉLIMINATOIRE !

Il est IMPOSSIBLE que je sorte avec un garçon PLUS PETIT que moi, pour une raison simple : je me le suis interdit, depuis que j'ai vu les photos d'Amélie et Benoît sur le NET. @

AMÉLIE ♥♥ BENOÎT

Ma cousine du Sud, Amélie, sort depuis quelques mois avec Benoît. C'est un garçon très mignon OK (il ressemble vaguement à Justin Bieber), **mais qui est plus petit qu'elle de presque une tête.** Résultat, dès qu'elle porte des talons 👢 (et elle en porte tout le temps depuis que sa mère l'a autorisée à en mettre), Benoît lui arrive à hauteur d'aisselle.

T'as changé de déo ?

Pas la peine de préciser qu'ils sont absolument ridicules côte à côte. Et je ne vous dis pas les commentaires sur Instagram, ça y va !

« Oh, voilà les Dalton ! »

☺ « C'est ton petit frère ? » facile celle-là !

« Ce qui est pratique, c'est que si Benoît a des poux, tu seras la première à le savoir, Amélie. PTDR. » hahaha

Bref, LA HONTE.

J'AVOUE : un jour, j'ai utilisé le compte Instagram de ma copine Linda, pour laisser un comm sur l'une de leurs photos d'amoureux à l'eau de rose. Sans qu'ils le sachent, évidemment...

mea Culpa !

« Fais gaffe, y a un nain de jardin qui s'est incrusté dans ton selfie ! »

Je me fais rire toute seule des fois ! ah ah !

DEVINETTE

On appelle les mini-saucisses saucisses cocktail. Alors, peut-on appeler les mini-mecs, les mecs cocktail ? Ça c'est une vraie question.. non ?

53

POUR en REVENIR à MON CAS, SI POUR LE MOMENT, JE NE tombe pas amoureuse, JE m'en fiche, **PARCE** qu'il y a déjà un homme dans ma vie :

MON **PÉPÉ GASTON**

L'homme idéal

Merveilleux

Parfait

TOP

Avec lui, JE NE m'ennuie **jamais**, JE ME MARRE **COMME une baleine**, ET JE PEUX PARLER **absolument de tout**, IL ME COMPREND **TOUjOURS**. Encore mieux qu'un amoureux

SI J'AVAIS ÉTÉ PLUS vieille, OU LUI PLUS JEUNE (IL A 84 ANS !), ET QU'IL N'AVAIT PAS déjà épousé MA GRAND-MÈRE, peut-être bien que JE L'AURAIS demandé en mariage, UN JOUR. Qui SAIT ?

1

MÉDAILLE

du seul homme IDÉAL
que je connaisse

♥

Décernée à : Gaston Lesage

dit Pépé Gaston

Par **Fannette**, présidente de
la Confrérie des Pestes

PÉPÉ GASTON et moi avons environ **3000** points communs.

Mais les deux principaux sont :

LES ÉCHECS...

équipe Pépé Gaston

équipe churros

Et **LA PESTOTHÉRAPIE** (méthode de lutte contre l'ennui, mise au point par la présidente de la Confrérie des Pestes : **MOI**).

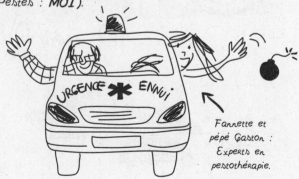

URGENCE ✳ ENNUI

Fannette et pépé Gaston : Experts en pestothérapie.

1. LES ÉCHECS

Le jour de mes 10 ans, pépé Gaston m'a invitée à manger un gros gâteau chez lui (j'avais fait croire à ma mère que j'avais mal aux dents, et j'avais manqué trois heures de cours l'après-midi), et il m'a offert :

MON PREMIER JEU D'ÉCHECS, À MOI !

Les pièces sont mortelles, en bois verni, et les reines portent des couronnes dorées. *Trop belles !*

happy birthday to you

WAOUH ! ÇA BRILLE !

PÉPÉ GASTON m'a appris à jouer aux échecs quand j'avais 6 ans. Depuis, on s'affronte presque chaque fois qu'on se voit, surtout depuis qu'il est dans sa **maison de retraite**. Il dit que les autres pensionnaires ont le cerveau ramolli, et que si c'est pour leur mettre une raclée légendaire, il préfère ne pas jouer du tout contre eux.

Désolé, les mamies !

« TOI AU MOINS, tu me donnes du fil à retordre, mon petit churros ! »

Disons que j'ai encore les neurones bien frais, MOI !

2o La Pestothérapie

Pépé Gaston est arrivé au **Clos des Sirènes**, une maison de retraite à 5 km de chez moi, il y a deux ans. Un jour, il est tombé dans la rue, s'est cassé la hanche, et **depuis il marche avec un déambulateur, et donc est venu s'installer au Clos des Sirènes.** (On s'est toujours demandé s'il s'agissait de sirènes, les femmes-poissons, ou bien de sirènes du type alarmes incendie ou SAMU).

Sirène · OU · PINPON · Sirène

Ici, pépé dit qu'il se sent bien, que « **la croûte est bonne** ».

EXPRESSION DE LA PRÉHISTOIRE !

plus gourmand, je connais pas !

Et qu'à son âge, c'est le principal. En plus, il habite beaucoup plus près de chez moi qu'avant, et on se voit plus souvent. **YOUPI !**

Chaque fois que je vais le voir, on fait une partie d'échecs en buvant du sirop d'orgeat, puis on cherche de nouvelles idées farfelues pour rendre la vie au Clos des Sirènes plus marrante.

Mais CHUUUUT... ça, c'est **TOP SECRET**

Personne n'est au courant (même pas Charly, à qui je dis beaucoup de choses personnelles) !

Bonne idée, ça, pépé, la boule puante dans le lave-linge de la maison de retraite !

Suite à nos dernières farces (de véritables trouvailles franchement très drôles), on pense écrire un **Guide des plaisanteries** à faire dans une maison de retraite. (Sûr que ce serait un best-seller chez les plus de 80 ans !).

Et le prix Goncourt est attribué à...

EXEMPLE : Un soir de cet automne, on a glissé, dans les carafes d'eau transparentes sur les tables du dîner, **des vers de terre ramassés dans le jardin**. HORREUR dans le réfectoire à l'entrée du personnel de service ! Alors que pépé et les autres pensionnaires rigolaient comme des fous. Une vieille dame a même failli perdre son dentier tellement elle se bidonnait. (Bien joué aux experts en pestothérapie !)

Mme Crispine, la directrice de l'établissement, elle, n'a pas apprécié du tout, et cherche encore le coupable de cette

"BOUFFONNERIE" ... hi hi !

Quand on pense qu'elle n'a toujours pas trouvé non plus **les chenapans** qui ont échangé les numéros de chambre sur les paires de chaussures fraîchement revenues de chez le cordonnier ! Rigolade mémorable quand M. Belon, qui n'a plus toute sa tête, est arrivé à l'activité Loto, chaussé des escarpins de Mme Mayet. J'ai cru que j'allais faire pipi dans ma culotte tellement je rigolais. J'ai encore la photo dans mon portable, faut que je pense à l'imprimer pour pépé Gaston.

Très jolis vos souliers M. Belon ! haha

TROP DRÔLE !

BONNE PESTOLUTION N°2

Ne jamais arrêter de faire les
quatre cents coups,
même si on doit vivre
très, très vieux.

(Il n'y a pas d'âge pour
se tordre de rire !)

EN PLUS de m'avoir appris à jouer aux échecs comme une pro (je pourrais être, au moins, championne d'un département ou d'une région),

PÉPÉ GASTON m'a enseigné plein de choses géniales sur la **VIE**.

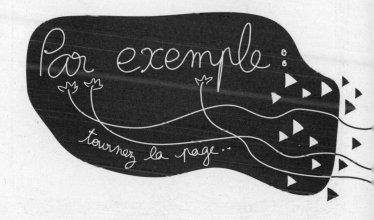

Par exemple :

tournez la page...

N'oublie jamais, mon petit churros, qu'il vaut mieux être belle et rebelle que moche et remoche !
Ça, c'est de la citation !

Ma mère dit que tout ce qui sort de la bouche de Gaston, c'est **n'importe quoi**. Qu'il ne s'est jamais occupé d'elle quand elle était enfant, et qu'il ferait mieux de cesser de me gaver de ses **âneries** et d'avoir une **mauvaise influence sur moi**. À chaque fois qu'on aborde le sujet de **PÉPÉ GASTON** maman se met en colère et devient très rouge en haut des joues.

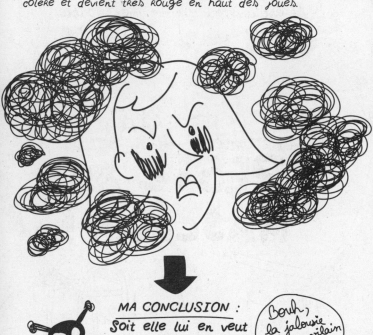

MA CONCLUSION :
Soit elle lui en veut
vraiment à mort,
soit elle est jalouse !

Beuh,
la jalousie
est un vilain
défaut !

En tout cas, moi, je suis presque toujours d'accord avec lui. (Sauf quand il dit que le monde était mieux avant, bla bla bla ... La nostalgie et les regrets, ce n'est pas trop mon rayon.)

JE L'AIME TROP.

Il est un peu comme mon double.

Mon jumeau.

UNE VRAIE PESTE AU MASCULIN !

Et en vieux !

Concernant la vie à mordre par les deux bouts, comme une banane 🍌 (parce que ça passe trop vite, bla bla bla ...), c'est grâce à **PÉPÉ GASTON** que j'ai conscience qu'il faut être toujours vigilant, car comme il dit :

À la guerre comme
à la guerre !
Pas question
de perdre la
MOINDRE bataille.

Pour ne pas vous laisser enquiquiner par la vie (et ne perdre aucune bataille, bla bla bla ...), commencez par faire des bilans réguliers de ce qui vous arrive, des espèces de **mises au point avec vous-même**.

« Bouge pas, je fais une mise au point ! »

clic clac

Ouh, j'suis moche aujourd'hui

<u>OBJECTIF</u> : ne pas répéter ses erreurs, éliminer au maximum les choses désagréables et se concentrer sur l'essence même de la vie : **être la personne qu'on a envie d'être, et pas quelqu'un d'autre.**

Sois
TOI-MÊME,
les autres sont
déjà pris !

Parce que la vie, si on regarde bien, c'est un peu comme une photo : si tu ne fais pas de mise au point, tu deviens FLOU.

Trop dingue, ce que je viens d'écrire !

Dresser un tableau avec,
choses qui vous sont arrivées,

Puis faire les comptes, et voir si la période valait le coup d'être vécue... À faire aussi souvent que nécessaire.

Belles choses

① **Pizza quatre fromages** livrée par un gars qui ressemblait à Orlando Bloom. miam !

② **Le chat de ma sœur** qui tombe dans la cuvette des toilettes. Mdr !

③ **Le rêve que j'ai fait mercredi.** Mais je ne le raconte pas, c'est personnel.

④ **Partie d'échecs avec Pépé Gaston** que, pour une fois, j'ai gagnée ! YES!

BILAN

4 BELLES CHOSES / 7 CHOSES NULLES
semaine nulle, à effacer de la mémoire.

Vas-y file-moi ta gomme !

d'un côté, les belles
et de l'autre, les choses nulles.

Choses NULLES

1 Ma note d'arts plastiques (le prof n'a pas compris pourquoi j'ai peint une betterave alors que le sujet était « dessiner un membre de votre famille ». On voit qu'il ne connaît pas mon cousin Paul !)

2 Le sweat que ma mère m'a acheté au marché. (Elle peut toujours courir pour que je le mette !)

3 La bronchite d'Éva, qui m'a empêchée de dormir trois nuits de suite. Une nuit de plus et je l'étouffais sous son oreiller !

OUIN

4 La soirée organisée par Lola pour son anniversaire. Je ne me suis jamais autant ennuyée, et, en plus, ça m'a coûté un cadeau à (9 €). Arnaque !

5 La soupe aux navets de ma mère. Beurk (Mardi soir et, comme il en restait, mercredi soir aussi !)

6 Le panneau | Merci de parler moins fort ! | que la principale du collège a collé dans la file d'attente de la cantine. En fait ils veulent des élèves muets dans les collèges !

7 Le cours de sport de vendredi avec endurance sous la pluie. (C'est vraiment un sadique ce prof. Lui, il avait un KWay.)

Bébé Bonzaï

Demandez le PROGRAMME

$$x \div = \sqrt{}$$

Autant je suis super forte en maths (franchement, tu mémorises trois formules, tu réfléchis un peu, et tu t'en tires facile avec une note correcte), autant en français, j'ai toujours été une CATA. Disons que la conjugaison et moi, on n'est pas super copines, et que la grammaire, bah, c'est pas vraiment ma meilleure amie non plus. :-(
(En plus, les livres qu'on nous donne à lire, laisse tomber ! On dirait que ceux qui conçoivent les programmes pensent que la littérature est restée bloquée il y a des siècles !)

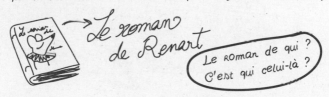

Le roman de Renart

Le roman de qui ? C'est qui celui-là ?

75

Heureusement que cette année, en **FRANÇAIS**, j'ai Mme Chevreuil. C'est une prof pas comme les autres et je l'aime beaucoup.

PRIMO, elle est super jeune et tellement petite qu'on croirait qu'elle a notre âge. (Heureusement qu'elle est enceinte, sinon on la confondrait avec une élève.)

AH, T'ES UNE PROF ?

DEUZIO, elle est souvent de mauvaise humeur (gros point commun avec moi !), mais elle, elle garde son humour même quand elle est horripilée... PAS MOI !

Lola, tu m'écris encore une fois « ils croivent » à la place de « ils croient », et je te fais manger le Bescherelle page par page, et après JE TE VIRE DE MON COURS JUSQU'À LA FIN DU TRIMESTRE !

Enfin, **TERTIO**, elle a une façon bien à elle de faire cours.

Si on veut avoir une chance qu'un jour, vous sachiez réfléchir tout seuls, il va falloir qu'on sorte un peu du programme.

ouais cool

Comment ça, sortir du programme ? Mais pour qui elle se prend celle-là ? Je vais écrire une lettre au rectorat...

Vas-y Henri !

↳ chochotte

Le père de Solène Bacri, parent délégué de notre classe.

ARGH!

C'est pourquoi Mme Chevreuil réserve une demi-heure de
cours par semaine à l'analyse de textes de chansons.

à la clairefontaine... ♫♪

C'est la demi-heure de français que tout le monde
préfère, même si, la plupart du temps, personne n'a
jamais entendu parler des chanteurs dont elle parle.

Sauf **Alexis Weber**,
bien sûr, la grosse
tête de la classe qui a
une encyclopédie à la
place du cerveau.

Mais ce qui est cool, c'est que Mme Chevreuil accepte
qu'on soumette, nous aussi, **des chansons**. ♪FUN♪
Par exemple, **Charly** a apporté « Papaoutai » de Stromae,
et **Marguerite**, « On ira » de Zaz (elle adore tellement
cette chanson qu'elle s'est postée sur YouTube en train
de la jouer à la flûte traversière !).

Maximilien, lui, s'est fait jeter par la prof avec « Zombie » de Maître Gims. (Il n'a pas compris qu'il fallait écouter les paroles et pas juste kiffer le look du chanteur !) Du coup, il a **craché par terre de rage** et s'est retrouvé, une fois de plus, chez la principale. (Il faudra bientôt qu'il lui verse un loyer, tellement il passe du temps dans son bureau !) oh oh !

Sinon, à cause de **Kevin Vanier**, on a décortiqué les sept strophes de La Marseillaise.

RA TA TA TA

Allons enfants de la patriiiieeeuuuh

Merci pour tes idées POURRIES, Kevin. L'an prochain, essaie de ne pas être dans ma classe, s'te plaît !

pffff...

Mais les cours de Mme Chevreuil que je préfère, ce sont ceux où elle organise un débat.

Débat =

discussion pendant laquelle on peut s'énerver

(En plus, si on participe bien, elle nous ajoute trois points à notre dernier contrôle. En ce qui me concerne, c'est pas du luxe !) $6+3 \rightarrow 9$ (correct, non ?)

Ouais, mais si on a 20 sur 20, madame, commment vous faites pour nous mettre les trois points en plus ?

(Voilà le genre de questions que pose cette prétentieuse de **Marilyn Périllon**. Sous prétexte qu'elle a eu la meilleure note au dernier contrôle commun de français, elle se sent plus !) quelle crâneuse celle-là !

<u>ATTENTION, CONFIDENCE :</u>

CHUT... secret ! Ceci ne doit pas se savoir en dehors de la Confrérie des Pestes. Croix de bois, croix de fer...

Une fois, Marilyn nous énervait tellement, Charly et moi, qu'on a glissé **des peaux de banane** dans son classeur de français. Son devoir maison était tout **dégueu**, et au moment de le rendre à la prof, on a bien cru qu'elle allait se mettre à pleurer comme un bébé. ouin...

alors, on fait moins la maligne, hein ?

DM de fran

Vieille banane écrasée !

Au lieu de ça, elle a accusé Alexis - parce qu'ils s'étaient disputés la veille à cause d'un exposé d'histoire qu'ils sont supposés faire ensemble - et il s'est fait punir d'une heure de colle. OUPS

La première heure de colle de toute la vie d'Alexis Weber !

NON PAS MOI !

et si !

Charly et moi, on a hésité à se dénoncer, mais comme Alexis avait refusé de nous donner les réponses du dernier DM d'anglais, on s'est dit que c'était notre REVANCHE. (Ouais, je sais, ce n'est pas très glorieux, mais y a pas mort d'homme non plus !)

C'est la vie Alexis !

J'aurais payé cher pour voir la tête d'Alexis, collé dans le bureau du CPE pendant une heure à recopier 500 fois :

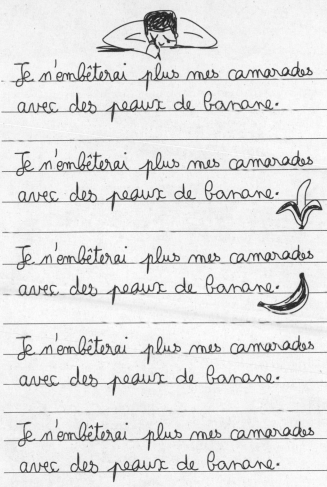

Je n'embêterai plus mes camarades avec des peaux de banane.

Je n'embêterai plus mes camarades avec des peaux de banane.

Je n'embêterai plus mes camarades avec des peaux de banane.

Je n'embêterai plus mes camarades avec des peaux de banane.

Je n'embêterai plus mes camarades avec des peaux de banane.

VACHERIES à faire à la

Les prétentieuses, c'est comme les fayots, il y en a au moins une par classe ! (Le pire, c'est quand tu tombes sur un nid ! L'an passé, j'avais **CINQ PRÉTENTIEUSES** dans ma classe. Un record ! Je ne sais pas comment elles font pour se reconnaître entre elles, mais ce qui est sûr, c'est que dès les premiers jours, elles se regroupent et forment un clan qui te casse l'ambiance de la classe pour toute l'année !)

les prétentieuses, c'est la plaie

LE COUP DE LA PEAU DE BANANE

(dont j'ai déjà parlé).

Ça marche aussi avec des rondelles de concombre à la crème, des croûtes de fromage ou un reste de salade de betterave (en fait, ça marche avec à peu près tout ce que tu peux trouver dans les assiettes à la cantine).

HIHI !

prétentieuse de la classe

LE COUP DE LA FAUSSE DÉCLARATION.

Glissez dans sa poche de manteau (ou dans sa trousse) un mot d'amour signé du garçon pour qui elle craque et qui la supporte le moins (oui, je sais, les deux conditions sont parfois difficiles à réunir...). Ensuite, assistez au sublime râteau qu'elle se prendra. (Mais ça c'est vraiment très vache comme vacherie !)

HA HA

LE COUP DU CHANGEMENT DE SALLE.

Le jour d'un contrôle important, faites savoir à votre victime (par l'intermédiaire d'un sixième, par exemple) que le contrôle aura lieu dans une autre salle que celle prévue. Prenez soin de choisir une salle située à l'autre bout du collège car le temps qu'elle s'aperçoive de la supercherie et qu'elle regagne la classe, elle aura loupé un bon quart d'heure du contrôle, et ne pourra pas se la raconter avec un énième 20/20.

BIEN FAIT !

Çà L'ENVIE À LA MORT

La semaine dernière, donc, Mme Chevreuil nous a fait ouvrir nos cahiers de texte, et nous a dit :

Le thème de notre prochain **Débat** sera : *L'ENVIE*. Afin de vous y préparer, pour jeudi prochain, j'aimerais que vous réfléchissiez à la question suivante :

> Pourquoi envie-t-on systématiquement les autres ?

Eh, vas-y m'dame, c'est **HYPER DUR** votre sujet ! On est trop jeunes pour se poser ce genre de questions prise de tête.

↑ Maximilien

Moi, je trouve que c'est une question intéressante car, justement, il n'y a pas si longtemps, j'ai remarqué que, très souvent, **j'avais envie de choses que les autres avaient et que je n'avais pas.**

INOX Festival

Bonnet ♡

(Il y a aussi un tas de choses de ma vie que je refilerais volontiers gratos à qui en veut !)

SOLDES

1 Avoir les cheveux ondulés et brillants de Mamina quand elle était jeune (ma grand-mère paternelle était une vraie bombe, à 20 ans !). Les miens sont vaguement raides et tout secs au bout !

2 Avoir le quotient intellectuel de Vladimir Burowski, le surdoué de ma classe (mais surtout pas sa mentalité de gamin attardé !).

3 Avoir les notes de français de Marilyn, et celles de sport de Chloé (elle court le 100 mètres trois fois plus vite que moi ! Elle doit se doper les jambes, c'est pas possible !).

4 Vivre dans la maison gigantesque de la famille de William Labouise, surnommé La Boulette par tout le collège.

La maison de La Boulette est aussi grande que lui est gros.

Toujours aussi sympa avec les autres, ce **Jonas**.

89

⑤ TROQUER mon père contre celui de Lola Dreux (il a une moto rouge mortelle, c'est trop cool quand il vient la chercher au collège ! Moi, le mien ne vient jamais, et heureusement, parce que dans sa C3 blanche avec l'autocollant géant de sa société collé sur la portière, ça serait la LOOSE ABSOLUE !).

⑥ Être trilingue comme Yûji.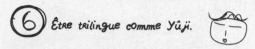

⑦ Échanger la cicatrice moche sur le dessus de mon pied gauche (je sais maintenant que le vélo dans les graviers, ça ne le fait pas ! Six points de suture sans anesthésie, je m'en souviendrai toute ma vie !) contre le tatouage lézard de Zina (la pionne la plus ROCK'N' ROLL du collège).

⑧ Avoir une petite veste en cuir noir comme Linda (mais mon père trouve que le cuir noir, ça fait mauvais genre parce qu'à son époque, c'est ce que portaient les voyous).

Sauf qu'on n'est plus à ton époque, papounet !

9 Être née le 14 juillet, comme ma sœur Éva, pour pouvoir faire **la grasse mat'** le jour de mon anniversaire et en plus assister à un feu d'artifice le soir.

LE SURKIFF !

Joyeux anniversaire fannette

STOOOO OOOP!

Je m'arrête là, sinon je vais remplir toutes les pages de mon journal, rien qu'avec la liste infinie de mes envies.

Envieuse oui, mais jalouse, JAMAIS*!

* (Bon, sauf avec ma sœur, à qui mes parents autorisent tout un tas de choses qu'ils m'interdisaient de faire au même âge !)

IN-SUP-POR--TABLE !

Là encore, la liste est longue !

HEURE DU COUCHER :

21h pour Éva contre **20h15** pour moi à son âge :

après le début du film à la télé : trop de chance !

Riki

juste avant la météo ! :(

(injuste !)

DROIT DE MANGER ENTRE LES REPAS pour Éva alors que moi je devais me planquer pour manger le moindre bonbon.

Au moins, moi, je n'avais pas 5 caries à 5 ans !

Etc.

J'ai ENVIE donc je suis EN VIE.

⚠ (Attention, l'inverse n'est pas vrai car « J'ai EN VIE donc je suis ENVIE », ça ne veut rien dire !)

Phrase à essayer de ressortir pendant le débat avec Mme Chevreuil !

ROh!

Quand j'étais petite, je pensais qu'il n'y avait que moi qui envoiais plein de choses dans la vie des autres. Je pensais être détraquée, avoir un grain (comme dit mon père en parlant de son collègue de bureau super-nerveux qui fait limite une crise cardiaque + à chaque fois que leur téléphone sonne ou que quelqu'un frappe à leur porte).

Mais en réalité, j'ai bien l'impression que c'est pour tout le monde pareil. (Ouf, j'ai pas de grain !)

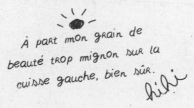

À part mon grain de beauté trop mignon sur la cuisse gauche, bien sûr.

hihi

La meilleure preuve qui soit, c'est que même ma vie à moi est source de convoitise pour certains !

Si, je te jure !

L'autre jour, à la piscine, ma copine Linda, qui est <u>fille unique</u>, avait presque les larmes aux yeux en me disant :

Oh, t'as TROP DU BOL d'avoir une petite sœur, elle est top mignonne en plus ! J'aurais tellement aimé être à ta place.

Ah ouais ? Tu veux passer une nuit <u>dans la même tente qu'elle</u> quand elle est sûre qu'un T. Rex rôde dans le camping ?!

Ce que ne sait pas Linda, c'est qu'**avoir une petite sœur**, ce n'est pas juste s'amuser avec elle dans le petit bain de la piscine avec une bouée Hello Kitty.

miaou

Avoir une petite sœur, c'est aussi, et surtout, un tas de contraintes. Du genre :

⊙ **partager** le dernier éclair au chocolat quand il n'en reste qu'un dans la boîte à gâteaux, __INHUMAIN__ !

100% chimique j'adore!

⊙ **l'accompagner** tous les mercredis chez l'orthophoniste, __CHIANT!__

30min d'attente

⊙ lui faire ses lacets et lui couper sa viande tant qu'elle est trop petite pour le faire toute seule, __HORRIPILANT !__

8 fois par jour!

MANGE !

OU PIRE...

⊙ être en permanence comparée à elle pour tout et n'importe quoi, par tout le monde et n'importe qui !

Éva est en avance pour son âge, Fannette avait **ENCORE** des petites roues à l'arrière de son vélo à 5 ans.

Moi ze suis **PLUS FORTE QUE** toi, euh !

EVA

Notre Fannette est une **VRAIE TORNADE**, alors qu'Éva est d'un calme **OLYM-PIEN !**

et bla bla bli et bla bla bla...

La GaLère !!

Alors que Linda donnerait tout pour avoir une Éva à elle, moi, j'envie sa **tranquillité** de fille unique.

zen!

Oh, un paquet de chips Lay's goût poulet rôti dans le placard de la cuisine, et aucune mouflette à l'horizon avec qui je dois partager !

Bonheur !

Si le monde n'était pas si compliqué, les jours où Éva est casse-pieds à m'en faire pousser des boutons (exemple le plus récent : ses hurlements pour mettre le DVD de La Petite Sirène, alors que je regarde tranquillement la dernière saison de Glee), je l'offrirais **tout simplement à Linda pour son anniversaire.** Un gros ruban rose, une bougie plantée sur la tête, et hop !

Mais comme un milliard d'autres choses que j'aurais envie de faire, il paraît que **« Ça ne se fait pas ! »**. *

* Je dis ça, mais en même temps, cette mioche de petite sœur me manquerait quand même pas mal. Surtout pour nos parties de TACHE-TACHE, un jeu qu'on a inventé et qui consiste à faire discrètement le plus de taches possibles sur la nappe pendant le dîner, sans se faire attraper par les parents.

Pour l'instant, c'est moi qui suis championne du monde, et Éva, vice-championne.

Il faudrait ouvrir la compétition à d'autres personnes pour vraiment pouvoir faire un classement parce qu'à seulement deux, forcément...

LA NAPPE DE DIMANCHE SOIR.

(Notre meilleure partie de tache-tache de la semaine !)

Au tache-tache, quand on réussit à faire une forme reconnaissable avec les taches, **on double ses points.** (Et quand ce sont des taches indélébiles, et que la nappe est irrécupérable, **on triple son score !**)

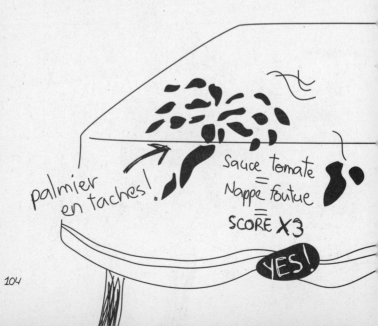

palmier en taches !

Sauce tomate
= Nappe foutue
= SCORE X3

YES !

Au menu, Spaghettis bolognaise

FATAL!

Là, Éva a essayé de faire un nounours : **COMPLÈTEMENT FOIRÉ**. Elle s'est fait punir avant d'avoir eu le temps d'ajouter la tête et les membres.

Bref, tout ça pour dire que Linda envie ce que j'ai, alors que moi, j'envie ce qu'elle a.

Idem avec **Blaise**, un copain de Charly qui est venu goûter à la maison le mois dernier. (Assez sympa, comme mec, mais il a le défaut d'être très, **très**, **TRÈS**, **TROP** bavard.)

À peine avait-il franchi le seuil de la porte de chez moi, que Blaise s'est exclamé :

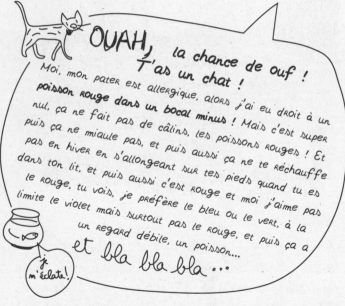

OUAH, la chance de ouf ! T'as un chat !

Moi, mon pater est allergique, alors j'ai eu droit à un poisson rouge dans un bocal minus ! Mais c'est super nul, ça ne fait pas de câlins, les poissons rouges ! Et puis ça ne miaule pas, et puis aussi ça ne te réchauffe pas en hiver en s'allongeant sur tes pieds quand tu es dans ton lit, et puis aussi c'est rouge et moi j'aime pas le rouge, tu vois, je préfère le bleu ou le vert, à la limite le violet mais surtout pas le rouge, et puis ça a un regard débile, un poisson... et bla bla bla ...

je m'éclate !

(Je ne vous retranscris qu'un dixième de son speech pour ne pas vous saouler. Quand je dis que c'est un moulin à paroles !)

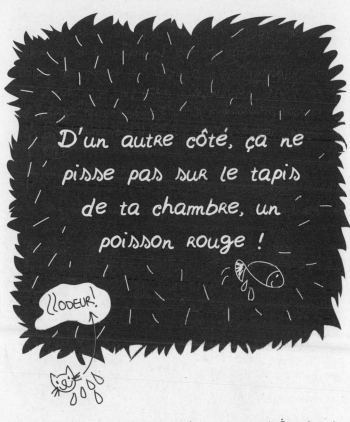

P.-S. : je rappelle que Nounouche appartient à Éva. Pas à moi. Sinon, évidemment, j'aurais proposé à Blaise un échange standard : chat-pisseur contre poisson-débile.

Après le chat, Blaise a trouvé le canapé du salon « *TROP CLASSE* », la moquette de ma chambre « *VACHEMENT GÉNIALE* », ma mère « *SUPER BELLE* » avec ses boucles d'oreilles à rallonge, et **un millier de** choses encore qui, à l'écouter, pourraient laisser penser que ma vie est juste parfaite, tout droit sortie d'un conte de fées Walt Disney.

Comme on dit :

« Mieux vaut faire ENVIE que PITIÉ ! »

Citation !

En résumé :

Fannette envie les autres

Les autres envient Fannette

Le cycle infernal !

Ma mère, qui a la désagréable habitude de **fouiller dans mon cahier de texte** pendant que je prends ma douche, a vu le sujet du **DÉbat**. Elle a dit que c'était n'importe quoi, et que Mme Chevreuil ferait mieux de s'en tenir au programme plutôt que de prendre des **LIBERTÉS**  comme elle le fait. Mais ma mère est classique à mort (elle a été élevée chez les bonnes soeurs, la pauvre !), et dès que tu sors un peu du cadre, elle crise. Vous comprenez pourquoi entre elle et moi, ça clashe pas mal !

Aime ton prochain !

Ouais, si tu veux...

Dernier exemple en date : j'ai décidé de mettre un rideau à motifs indiens à la place des portes de mon armoire.

Ma mère a réagi comme si j'envisageais de reboucher la fenêtre avec des parpaings ou je ne sais quoi de très grave.

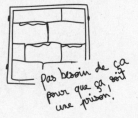

Pas besoin de ça pour que ça soit une prison !

Mais qu'est-ce que c'est que cette idée farfelue, encore ? Des portes, ce sont des portes. Un rideau, ça se met aux fenêtres ! **C'EST HORS DE QUESTION !**

PORTES
DE
PLACARDS
INSIGNIFIANTES

RIDEAUX DE
PLACARDS
TROP
ORIGINAUX

j'adore !

Évidemment, je ne me suis pas laissé faire. J'ai hurlé que ma chambre était **MA** chambre, et que, de toute façon, je ne lui demandais pas son avis, parce que ses avis sont toujours NAZES. Elle m'a privée de connexion Internet pendant 24h. Arrgh... et, le soir, je me suis pris un **MÉGA** savon par mon père, qui est toujours d'accord avec ma mère sur les sujets qui fâchent (il sait que, sinon, lui aussi, va se faire remballer).

Depuis, j'ai résolu le problème : j'ai invité Charly et Blaise un après-midi où mes parents étaient absents, et on a arraché les portes de l'armoire. On les a jetées dans les containers à ordures de la résidence, et, depuis, j'interdis à mes parents d'entrer dans ma chambre.

Ça tiendra le temps que ça tiendra, mais, d'ici là, les portes de mon armoire auront déjà été emportées.

Mots à coller sur la
pour en interdire

●—●—●—●—●—●—●—●—

Interdit
d'entrer à toute
personne portant
le même nom
de famille que moi.

Derrière cette porte, se
trouve une barricade de
chaussettes sales.

**Danger de mort
par asphyxie !**

ATTENTION,
CHAMBRE
PIÉGÉE !

porte de sa chambre
l'accès à ses parents.

Si vous avez quelque chose à me dire, merci de me joindre sur mon portable au 06... ou de m'envoyer un mail. @

MERCI de me pas entrer, JE SUIS TOUTE NUE ! (..)

Je vous préviens, si vous rentrez, je tue le chat ! (Enfin si vous avez un chat, bien sûr.)

(Si, malgré tout ça, on entre encore dans ta chambre sans ta permission, il ne te reste malheureusement que deux solutions : faire installer une porte blindée, ou partir vivre dans une autre famille - attention, cependant, de ne pas te retrouver dans une famille pire !)

BONNE PESTOLUTION N°3

Résister à toute personne voulant
décider pour nous. Surtout
s'il s'agit de l'aménagement
de notre chambre ou de notre
façon de s'habiller.

(On ne choisit pas la couleur des
draps du lit de nos parents, nous.
Alors y a pas de raison !)

LE MONDE EST IMPARFAIT.

Tant qu'il y aura
des parents et des profs.

L'autre soir, après le dîner, j'ai parlé du **Débat** de Mme Chevreuil avec mon père. Je voulais savoir si c'était uniquement un truc de jeunes, d'avoir envie de ce que les autres ont. Si ça passait avec l'âge ou si ça restait comme ça TOUTE LA VIE.

Moi de SUPER bonne humeur ce jour-là

Un père, théoriquement, ça doit aborder **les sujets graves de la vie** avec ses enfants. Eh bien voilà sa réponse :

« DE TOUTE FAÇON, TOI, TU N'ES JAMAIS CONTENTE ! » Ça, ça va m'aider !

Merci papounet, j'adore DISCUTER AVEC TOI !

Je ne suis peut-être **JAMAIS CONTENTE**, mais lui, sa spécialité, c'est de **râler contre les objets**. RIDICULE! On n'a jamais vu une table bancale ou un couteau qui coupe mal répondre à quelqu'un qui s'énerve contre eux.

Espèce de **cochonnerie bon marché de chiottes**, la prochaine fois que tu m'écrases le petit doigt de pied, je te découpe en morceaux et je te brûle ! T'as compris ?! AÏE!

cuicui.

Comme dit ma mère : « *Tu sais, Poussin, ce tabouret ne te répondra pas, même si tu hurles très, très fort !* » (Vous ne rêvez pas, ma mère appelle bien mon père **Poussin**. Ça me fiche la grosse honte à chaque fois qu'une copine dort à la maison.) Humiliation!

Du coup, j'ai été voir **PÉPÉ GASTON**

dans sa maison de retraite. Avec lui, au moins, je peux

parler de tout.

C'est le fait de regarder les choses DE LOIN qui les rend plus belles, mon petit churros !

Ah bon ?

«Tiens, t'as vu comme la TERRE est belle, vue du ciel ?

On croirait qu'elle est parfaite. Mais plus tu t'rapproches,

plus tu vois qu'ça tourne pas rond là-dessus.

Bah, c'est pareil avec les vies des autres. Vues de loin,

elles ont l'air mieux que la tienne, que tu vois de près,

mais **C'EST QUE DE LA POUDRE AUX YEUX !** »

Vue d'ici, on n'imagine pas qu'elle est peuplée à 90 % de personnes toxiques (genre les parents, les profs, les premiers de la classe, les prétentieux, les ringards…)

POUAH !

Je sais que mon pépé part parfois très loin dans sa tête, mais je n'avais jamais vu les choses sous cet angle, et, finalement, sa théorie peut s'appliquer à tous les sujets.

Par exemple, LE MÉNAGE :

Vue de loin, ma chambre a l'air impeccable. Mais dès que ma mère s'approche, **elle ne voit plus que la poussière sur mes étagères et les miettes sur ma moquette.** (Et alors, je suis bonne pour un après-midi entier en compagnie de l'un de ses meilleurs amis : le chiffon à poussière.)

ouh, je t'♡ toi

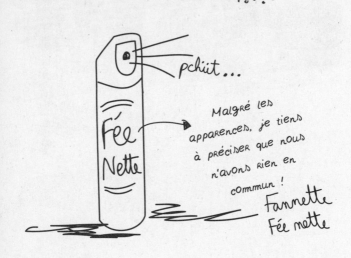

pchüt...

Malgré les apparences, je tiens à préciser que nous n'avons rien en commun !
Fannette
Fée nette

Fée Nette

<u>Idem pour **LES RIDES**</u> : Plus tu t'approches d'un adulte, plus tu vois ses rides !

MA MÈRE

Je te jure, j'ai à peine exagéré !

hihi

de loin...

Rides + cheveux blancs

Si ma mère tombe sur ce dessin, je suis morte !

de près...

Ensuite, j'ai demandé à **PÉPÉ GASTON** s'il pensait qu'avec le temps on arrêtait d'envier les autres. Il a pris son air GRAVE et il m'a dit :

> Bien sûr que non, mon petit churros ! Le seul moyen que personne n'envie plus personne, ce serait que le monde soit parfait, alors t'as qu'à voir. *C'EST PAS DEMAIN LA VEILLE !*

Puis il a attrapé son **dictionnaire des citations**, qui ne le quitte jamais (il est tellement abîmé qu'il a l'air aussi vieux que pépé), et l'a feuilleté pendant au moins dix minutes sans rien dire.

Si tu demandes à pépé Gaston ce qu'il emporterait sur une île déserte, il te répond **en PREMIER son jeu d'échecs** (même si, sur une île déserte, à moins d'apprendre à jouer aux noix de coco, c'est pas évident de trouver un partenaire !) **et en DEUXIÈME, son dictionnaire des citations**. (Certains ont la Bible ✝ sur leur table de chevet, pépé Gaston, lui, a un dictionnaire de citations.)

la valise de pépé
(préhistorique)

Puis il m'a dit :

« Attrape donc ton cahier, et gribouille-moi ces deux belles phrases de grands hommes, ça fera de l'effet dans ton débat » :

« Je tiens à mon imperfection comme à ma raison d'être. »

... c'est d'un gars qui s'appelle Anatole France

Attention, citations !
Sortez les neurones !

Avec ça, ton professeur aura de quoi vous occuper !

« L'envie est de toutes les passions humaines la plus constante. »

... du peintre Francis Bacon.

Un type qui s'appelle Bacon ? Trop drôle !

J'avoue que je n'ai pas **VRAIMENT TOUT COMPRIS** à ces phrases, mais je me suis dit que je me les ferais expliquer par Mme Chevreuil.

En tout cas, ce que j'ai retenu de pépé Gaston, c'est que le monde est imparfait, et que c'est pour ça qu'on s'envie les uns les autres.

Une fois rentrée chez moi, alors que je retournais tout ça dans ma tête accoudée au garde-corps de la fenêtre de ma chambre, je me suis aperçue que :

le mur d'en face avait été **TAGUÉ**

Quand on pense que ce ne sont qu'un I et un M qui nous séparent de la perfection ...

IMPARFAIT

J'ai pris une photo avec mon portable **pour la montrer à** PÉPÉ GASTON la prochaine fois, et je l'ai utilisée comme fond d'écran sur mon PC portable (à la place du portrait de dauphin que j'avais mis pour faire plaisir à Éva).

Mon deuxième meilleur ami !

Je vais aussi la faire imprimer par Charly (chez nous l'imprimante bugue, elle imprime bien, mais le papier ressort tout tailladé) et l'apporter à Mme Chevreuil.

Très bonne idée Fannette !

Comme elle accepte qu'on apporte des textes de chansons qui nous plaisent pour qu'on les étudie, elle acceptera peut-être que je propose le prochain sujet de

Débat ?

Ce serait cool, parce que j'ai une super idée :

« Puisque le monde est imparfait, que proposeriez-vous pour l'améliorer ? »

Apporte ta pierre à l'édifice !

Peut-être enfin l'occasion de remonter un peu ma moyenne en français...

Faire une liste de 10 CHOSES
si on était quelqu'un de très

(À part, bien sûr, qu'il n'y ait plus ni guerres ni maladies, et que la Terre arrête de tourner autour du Soleil pour qu'il n'y ait plus jamais d'hiver, parce que ça, c'est évident !)

① Changer l'eau des piscines en COCA. Comme ça, quand on boit la tasse, c'est bon.

② L'odeur des croquettes pour chats (qui sentent le vomi). Berk

③ Que les fautes d'orthographe n'existent pas. ortaugrafe

④ Pouvoir gagner son brevet (ou même son bac) dans un concours de hula hoop. (Je suis imbattable au hula hoop, j'ai fait 248 tours, cet été, sur la plage.)

⑤ Désinventer le fromage et tout ce qui est à base de lait.

qu'on changerait dans le monde,

puissant comme Dieu par exemple.

⑥ Naître orphelin pour ne pas avoir de parents à supporter.

⑦ Des profs muets pour pouvoir dormir en cours. ZZZZZZZ

⑧ Que les ongles ne repoussent pas (on ne serait plus obligés de les ronger).

⑨ Avoir des frères et sœurs à temps partiel (un jour sur 5, c'est suffisant). le lundi de préférence

⑩ Changer la couleur du ciel ou bien celle de la mer, c'est trop nul qu'ils soient tous les deux bleus quand il fait beau.

(J'ai noté les dix premières choses qui me sont venues à l'esprit, mais elles ne sont absolument pas classées par ordre de priorité !)

BENJAMIN, la star des ringards du collège

Lui, je n'envie pas son humour !

Moi, le premier truc que je changerais dans le monde, sans hésitation, ce serait qu'au foot, puisqu'il y a 22 joueurs, il y ait 22 ballons sur le terrain et pas un seul après lequel tous courent comme des idiots.

Ouais, t'as raison !

Je te kiffe, gars !

Trop drôle, Benji !

PATHÉTIQUE, comme toujours !

On s'en fout, que 22 mecs courent après le même ballon. Au prix où ils sont payés, moi, je veux bien courir aussi, même s'il n'y a pas de ballon ! $ $ $

1

MÉDAILLE

de l'élève le plus ringard
du collège Jules Ferry

Décernée à : Benjamin Teray

L'inscription au marqueur sur son sac à dos lui permet, sans problème, de concourir en championnat du monde de la ringardise. « L'amour, c'est comme la font des fois tu gagnes, des fois, tu perds. » (Je vous jure que j'ai rien inventé !)

Par Fannette, présidente de
la Confrérie des Pestes

Fannette

← Bébé
chauve-souris

MALÉDICTION DU SAMEDI

la famille Vanier tu connais ?!

Demain, mes parents ont eu la bonne idée d'inviter à dîner la famille Vanier. 🙁

La famille Vanier, c'est les parents Vanier (au secours le look de coincés de la vie !), et leurs deux enfants, Kevin et Gwenaëlle.

les Vanier !

J'ai failli faire un malaise quand maman m'a annoncé la nouvelle.

Il faut bien faire **CONNAISSANCE** avec les autres parents d'élèves, c'est important ! Et puis, Gwenaëlle a pile le même âge qu'Éva, et Kevin est dans ta classe.

🌱 **Ça tombe bien, non ?** 🌿

«Ça tombe bien ?!» Tu parles... Kevin est l'un des types les <u>plus</u> **NAZES** ↓↓ de ma classe. Il sourit tout le temps ; on dirait qu'il a les commissures des lèvres cousues à ses lobes d'oreille.

En plus, il a toujours le nez qui coule vert et il se tient super droit tout le temps, même quand il se baisse pour refaire son lacet.

Avec Charly, on se demande si Kevin n'est pas né avec un bâton greffé dans le dos et un hérisson sur la tête (faut qu'il change de coiffeur !).

C'est pour ça qu'on l'appelle le **balai-brosse**.

Quand je vais dire à ★Charly★
que toute la famille de BALAIS-BROSSES
est venue dîner à la maison,

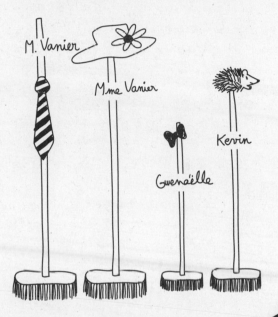

M. Vanier

Mme Vanier

Gwenaëlle

Kevin

IL VA SE FOUTRE DE MOI

HA HA

PENDANT DEUX SIÈCLES !

Ça fait quand
même 200 ans !

waouh !!

Mon père a sorti sa collection de bouteilles de whisky irlandais. Il fait toujours ça pour impressionner les gens qui viennent pour la première fois à la maison (alors que lui ne boit pas une goutte d'alcool puisqu'il déteste ça ! N'importe quoi !). Et ma mère n'a rien trouvé de mieux que de faire son canard à l'orange

♥ délicieux.
♥   ♥

hum

coin coin

AÏE ! J'ai peur que les Vanier n'aient envie de revenir toutes les semaines !

HELP

SOS PESTE EN DÉTRESSE !

ça craint du boudin ! ça craint des seins !

Mais ...

trop cool mon pépé!

... comme dit mon **PÉPÉ GASTON**

avec ses expressions qui datent de la préhistoire :

⌜ « Aux grands maux, les grands remèdes ! » ⌝

(En gros, ça veut dire que face à une situation grave, il faut prendre des mesures extrêmes.)

⚠ **SITUATION GRAVE** : les parents de Kevin Vanier risquent d'apprécier de venir dîner chez nous, et donc de revenir plusieurs fois.

✚ **MESURE EXTRÊME** : convaincre Éva de sortir sa flûte à bec et de jouer les dix derniers morceaux qu'elle a appris à l'éveil musical, pendant l'apéritif. Absolument imparable pour faire fuir des invités !

⚠ Attention : boule Quies !

(Elle est dure en affaires, la petite !)

Penser à faire le plein de fils de scoubidou et de nounours en chocolat pour négociation avec Éva.

Et si ça ne suffit pas,
la prochaine fois,
c'est moi qui cuisinerai...
et là, On verra si
les balais-brosses
veulent toujours revenir !

gloup

Idées de Recettes pour

① ŒUFS BROUILLÉS À LA PURÉE DE CHOUX DE BRUXELLES ET SIROP DE MENTHE

VERT

Dégueu!

② GÂTEAU AU CHOCOLAT ET PIMENT
(mettre plus de piment que de chocolat)

③ POULET PÉRIMÉ GRILLÉ.

À CONSOMMER AV. 05/1987

Attention aux diarrhées!

BEURK...

hihi

bien recevoir ses ennemis

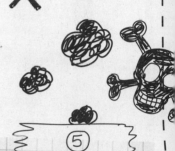

4

GLACE DE STEAK HACHÉ
À L'OIGNON À SERVIR
DANS UN CORNET

en faisant croire
que c'est de la glace
aux fruits rouges.

Attention
aux vomis !

5

SALADE
DE COQUILLES
DE BIGORNEAUX.

(à faire manger
les yeux bandés)

AÏE !

BONNE PESTOLUTION N°4

Ne jamais se forcer à être sympa
avec les gens qu'on n'aime pas.

(Ni avec ceux qu'on aime
si on est de mauvaise humeur.)

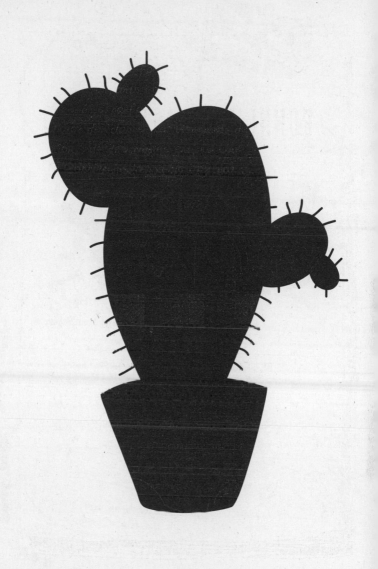

ENGLISH attack

Taches de mug
(lait-fraise/chantilly)

Voici la nouvelle lubie de ma mère : lire des magazines en anglais. Depuis qu'elle a fait un stage de remise à niveau par Internet, et qu'elle a réussi à passer le cinquième niveau (il y en a 14 !), elle croit qu'elle est parfaitement bilingue ! Quelle prétentieuse...

So sweet, ton gilet, DARLING !

Je like le thon in the salade de riz, it's delicious.

Quand elle sort dans la rue ou qu'elle prend le bus, elle s'arrange toujours pour que sa **revue anglaise** dépasse de son sac à main. Un peu comme les anciens combattants qui ne sortent jamais sans leurs décorations épinglées sur leur veste.

Elle est trop fière d'elle-même !

oh la la...
trop pitié

Un jour, il faudra que quelqu'un lui explique que la terre entière se fiche pas mal qu'elle parle ANGLAIS, BRETON ou même JAPONAIS, et que les gens bilingues ne sont pas des êtres supérieurs.

Ce sont juste des gens **NORMAUX** qui parlent deux langues.

bilingue

Pas bilingue

Bref, pour lui faire plaisir et pour l'encourager à conquérir les 9 niveaux qui lui restent, mon père l'a abonnée à (Perfect Family,) une revue australienne qui donne des astuces pour faire de sa famille une famille moderne **exemplaire**.

Rien que ça !

Le **PROBLÈME**, c'est que je ne suis pas certaine que ma mère traduise tout bien dans sa tête quand elle lit en anglais... Ou alors, c'est vraiment que ce magazine est écrit par des gens TORDUS.

Ma mère nous sort tous les jours des idées bizarres pour, soi-disant, améliorer le fonctionnement de la famille. MERCi Perfect family !

La semaine dernière, il fallait se faire un signe de la main en se disant « HELLO ! », chaque fois qu'on se croisait dans la maison.

« Afin de ne pas oublier la chance qu'on a de vivre les uns auprès les autres », a précisé maman.

Ouais, enfin, ça dépend des fois !

J'ai compté. En deux heures, j'ai fait **7** coucous du bras à Éva et **9** à ma mère. De quoi choper une tendinite au coude !

Heureusement que mon père était absent et que ce rituel n'est pas obligatoire avec les animaux domestiques,  parce que, ce jour-là, **justement.** Nounouche m'a collée aux basques du matin au soir.

Heureusement, l'expérience n'a duré qu'une journée. Maman s'est lassée la première : « Je crois que je vais finir par angoisser à l'idée de croiser l'un d'entre vous dans l'appartement si on continue ! Revenons à un rythme plus raisonnable : 1 FOIS PAR JOUR. »

Du coup, maintenant, on se dit bonjour
seulement le matin.
Comme tout le monde, quoi !

« Salut. Bien dormi ?
Tu veux un café ? »

Moyens pour ne pas avoir

NE PAS AVOIR DE FAMILLE.
Comme ça, au moins, vous êtes
sûrs d'être peinards.

SNIF SNIF

AVOIR LE DON D'INVISIBILITÉ.
Dès qu'un coup foireux approche :
Hop ! Invisible !

PARTIR VIVRE À HAWAÏ.
Il y a des requins,
mais pas tes parents

la liberté...

à subir les délires des membres de sa famille

NE PAS NAÎTRE.
Mais si tu lis ce livre, c'est que, pour toi, il est déjà trop tard pour cette solution. Désolée.

pour moi aussi ne t'inquiète pas!

En fait, dans la plupart des cas, tu es obligé de subir les délires des gens de ta famille. Parce qu'une famille, c'est livrée avec un pack complet :

<u>quelques trucs chouettes</u> et <u>plein de trucs casse-pieds.</u>

par exemple!

c'est du propre

AÏE! Aujourd'hui ma mère a reçu son nouveau numéro de

Perfect family

Je crains le PIRE!

Et la voilà partie dans une nouvelle expérimentation douteuse.

SON COBAYE ?
Notre très chère famille adorée.

Trop touchant la perfect famille

Afin que tout le monde participe, de façon juste, aux **TRAVAUX MÉNAGERS** de la maison au moins une fois par mois, nous allons établir <u>un **Drawing lots.**</u>

Connais PAS !

UN QUOI ??

un Tirage au sort.
!!

Ça sent déjà l'arnaque...

(Heureusement que son magazine n'est qu'un mensuel ! Imaginez que ç'ait été un quotidien...)

Éva, qui comprend tout de travers, s'est écriée :
« youpi ! Z'adore les tirages au sort ! »

(Elle a déchanté quand elle a enfin compris qu'on tirait au sort des <u>corvées</u>, et pas des <u>nounours</u> en peluche comme à la fête foraine !) bouh

Papa a fait une grimace, parce que lui, à part vider le lave-vaisselle, il ne fait **RIEN**. Et moi, j'ai pris ma tête dans mes mains parce que, dans les jeux de hasard, j'ai toujours la

POISSE.

poils aux ananas

Exemple typique : à la dernière tombola du collège, j'ai gagné une étoile de mer en caoutchouc. **GÉNIAL !** (Je cherche encore l'utilité.)

Alors que cette **prétentieuse** de Marilyn a eu le coffret intégral des Harry Potter en DVD. (Je la ferais bien manger par des loups, celle-là !)

Cette fois-ci, donc, aucune raison que la chance me sourie. À tous les coups, c'est moi qui allais hériter de la corvée de **nettoyage des toilettes**.

Ô Rage ! Ô désespoir !

Je précise que dans nos toilettes, il y a les **TOILETTES NORMALES**, avec les odeurs de pipi et les traces de crottes sur les bords, mais il y a aussi **LA LITIÈRE DU CHAT DE MA SŒUR !**

Et ça, rien que l'idée de devoir mettre les mains dedans me file la NAUSÉE.

POUAH, L'INFECTION!

DONC, ma mère a inscrit quelques mots sur des post-it qu'elle a pliés en quatre, et qu'elle a placés au fond de la marmite à couscous récupérée chez **Mamina** lorsqu'elle a déménagé pour partir s'installer en Savoie.

Elle a bien fait de l'oublier, son couscous était 100% huile

Et c'est parti, mon kiki, pour la grande et merveilleuse loterie du ménage !

On a tiré chacun un petit papier.

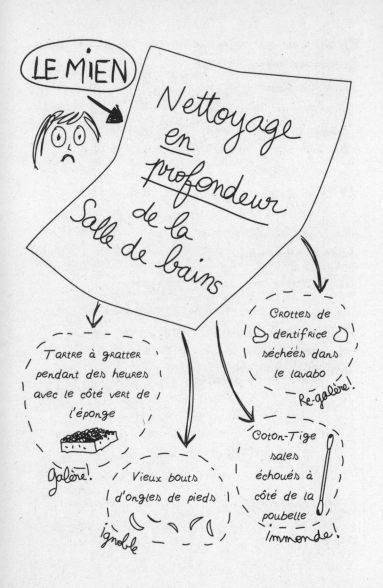

160

BINGO, c'est moi qui ai tiré la corvée la plus POURRIE !
En plus, ma mère a rajouté :

Fannette, tu t'occuperas aussi des toilettes, ce sont les mêmes produits d'entretien.

Salut Kevin, ça va ?

haha

« OH NON ! C'est dégueu les toilettes, y a des poils de fesses partout ! »

Mon père m'a tapée derrière la tête, parce qu'il trouve que « *poils de fesses* » est un GROS mot, et qu'il s'imagine que, dans la vie, je ne dis jamais de gros mots. **MAIS BIEN SÛR PAPA CHÉRI !**

M. et Mme Toilette ont un fils, comment s'appelle-t-il ? Théo. MDR

Me~~rde~~

Pe~~nation~~

~~Con~~

Fait C~~hier~~

Pu~~te~~

ZUT !

❀

Un ange, je vous dis !

fastoche!

Ma sœur, elle, a dû **passer l'aspirateur**
dans tout l'appartement. « Même dans les coins », a
précisé maman, et mon père a été chargé de **faire les**
carreaux des six fenêtres de l'appartement.

J'ai essayé de négocier avec **ÉVA** : le récurage de la
salle de bains contre mon sac violet à têtes de mort
qu'elle adore.

ça vaut
largement !

Mais après avoir fait semblant d'hésiter pendant au
moins 30 secondes, elle a finalement dit NON.
Puis elle m'a tourné le dos en chuchotant que,

jeudi dernier, j'avais refusé de l'aider à ranger sa chambre, et
que c'était bien fait pour moi, gna gna gna.

Dès qu'elle est née, celle-là,
j'ai su qu'elle n'allait pas
être la plus docile des
PETITES SŒURS !

RRRRRh
JE ME VENGERAI !

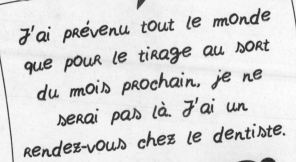

J'ai prévenu tout le monde que pour le tirage au sort du mois prochain, je ne serai pas là. J'ai un rendez-vous chez le dentiste.

Je jette l'éponge !

HI HI

MOTS à écrire au doigt

je m'aime ... qui est la

Mots qui réapparaîtront dès que quelqu'un
prendra sa douche... SURPRISE! ☺

CADEAU!
◎

t'es moche

Tête à poux

crotte ☺

sur le miroir embué de la salle de bains

plus belle ?

Boloss

Bouh, je suis un fantôme

⚠️ **ATTENTION !** Surtout, bien transformer son écriture pour ne pas laisser d'indices. Si on s'y prend bien, on pourra même faire accuser quelqu'un d'autre...

← Imitation écriture d'ÉVA

Faute d'orthographe pour faire plus vrai, elle n'est qu'en maternelle.

BONNE PESTOLUTION N°5

Arrêter de faire des efforts pour aider dans les tâches ménagères.

(Sauf si on veut devenir femme de ménage : dans ce cas, ça reste un bon entraînement.)

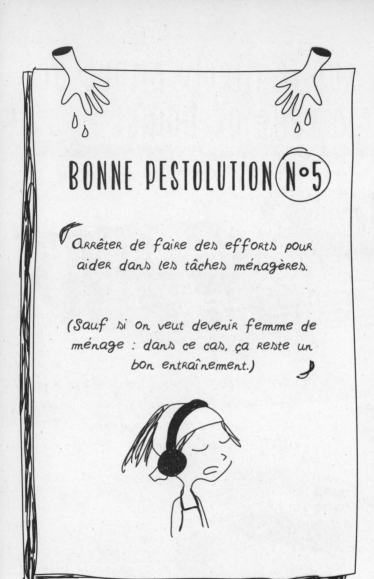

Bébé mouton
de poussière

QUAND TOUT PREND L'EAU

glou glou

Aujourd'hui notre prof principale, **Mlle Lumet**, nous a fait une sublime démonstration de **comment se faire détester par une classe entière en un seul faux pas**. Si vous avez l'intention de devenir prof, plus tard, voici comment faire pour vous mettre <u>TOUS</u> vos élèves à dos : trompez-vous de jour en annonçant la

clic clac
clic clac

PHOTO DE CLASSE !

La semaine dernière, à la fin de son cours sur l'appareil respiratoire (les bronches, les alvéoles pulmonaires et toute la quincaillerie qui nous sert à respirer...), Mlle Lumet, qui est aussi notre prof de **SVT**, nous a distribué un petit papier à coller dans nos carnets :

INFORMATION AUX PARENTS
La photo de classe aura lieu
vendredi 8 novembre.

Et la photo a bien eu lieu, ce matin, après la récréation de 10h.

Sauf qu'aujourd'hui, nous sommes jeudi 7 novembre et non pas vendredi 8 novembre !

AAAAAHHHH !

Réaction des 18 filles de la classe, lorsque la prof a dit :

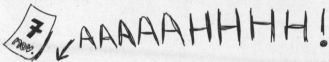

Oups, désolée les enfants, j'ai fait une **petite erreur**, la photo de classe, c'est <u>aujourd'hui</u>, et non <u>demain</u>.

J'entends déjà des personnes qui n'y connaissent rien (au hasard : ma mère !) dire qu'un jour d'avance ce n'est vraiment pas grave, qu'il vaut mieux être en avance qu'en retard. gragragni gragragna

Mais, dans le cas précis d'une photo de classe, un jour d'avance ce n'est pas grave, C'EST

DRA-MA-TIQUE !!!

Acné

LOLA

J'ai pas mis de **cache-boutons** ce matin !

CHLOÉ

Le seum, j'suis en **survêtement** !

MARILYN

JAMAIS de la vie, je me fais photographier avec mes cheveux pas lissés !

LINDA

J'avais prévu de mettre ma veste Abercrombie, là j'ai un vieux pull Carrefour, **ça le fait pas !**

On ne rigole pas avec les vêtements portés le jour de la photo de classe ! Tout est prévu à l'avance, travaillé dans le détail, on a fait des heures d'essayage dans nos chambres pour choisir (LA) bonne tenue.

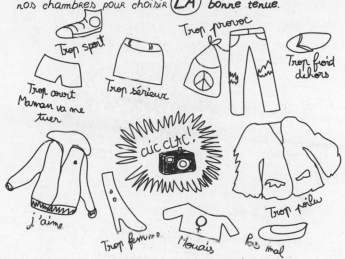

Trop sport

Trop court Maman va me tuer

Trop sérieux

Trop provoc

Trop froid dehors

clic clac !

j'aime

Trop fermure

Mouais

Trop poilu

Pas mal

Car une **photo de classe**, ça n'a rien à voir avec un petit selfie vite fait, envoyé à un pote par Snapchat. UNE PHOTO DE CLASSE, C'EST POUR TOUTE LA VIE ! On la regarde mille fois, on la montre à ses enfants, à ses petits-enfants, on la poste sur Internet, on l'encadre même parfois !

@

Une photo de classe se transmet de génération en génération, sur des siècles entiers. Une photo de classe, c'est un dossier in-cla-ssa-ble. Eh oui !

Si tu n'es pas au TOP
sur ta photo de classe,
et que, par malheur,
elle tombe entre les mains
de personnes malveillantes,
ça peut te pourrir
une réputation À VIE !

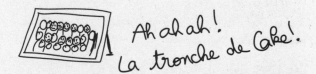

Ah ah ah !
La tronche de Cake !

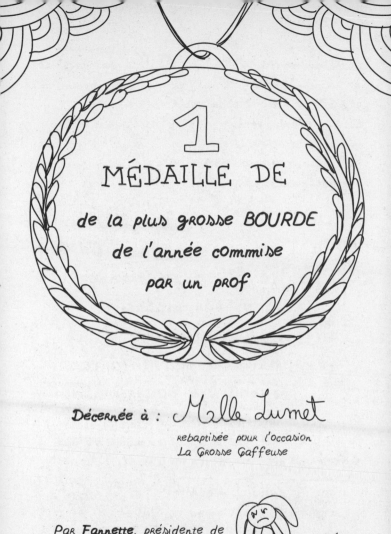

1

MÉDAILLE DE

de la plus grosse BOURDE

de l'année commise

par un prof

Décernée à : **Malle Lumet**
rebaptisée pour l'occasion
La Grosse Gaffeuse

Par **Fannette**, présidente de
la Confrérie des Pestes

Fannette

En ce qui me concerne, il y a **2** journées dans ma vie où il ne fallait surtout pas me coller devant un objectif pour la photo de classe.

LE PREMIER, c'était il y a trois ans, lorsque ma mère m'a coupé les cheveux en escalier pour me punir d'avoir fait une coupe iroquoise à Éva pour essayer ma nouvelle paire de ciseaux.

ma mère

hihi

AU SECOURS !

Comme ça, tu vois ce que ça fait d'avoir une coiffure idiote sur la tête !

J'ai eu beau la supplier toute la nuit, ma mère m'a **quand même envoyée à l'école comme ça**. Du coup, j'ai entamé une grève de la faim en refusant de manger le midi à la cantine. Elle a eu pitié et m'a emmenée le lendemain chez le coiffeur pour égaliser. (Sauf que pour égaliser, il a fallu qu'il coupe super court ! Depuis, je suis traumatisée. **J'ai même du mal à supporter de me faire couper les pointes.)**

Vous me coupez un millimètre de plus que ce que je vous ai demandé, et je vous étrangle avec le fil de votre sèche-cheveux !

Quant à **_L'AUTRE JOUR DE MA VIE_** où il ne fallait surtout pas me mettre devant un objectif, c'est

AUJOURD'HUI
!!!

Ce matin, pendant le petit déjeuner, **mon père a voulu réparer le radiateur de ma chambre qui fuyait.** Quand je dis « fuyait », c'est un grand mot car, en fait, il perdait environ une mini-goutte toutes les heures. Pas de quoi en faire une montagne. Malgré tout, ma mère, la plus **MANIAQUE** des personnes que je connaisse, a insisté pour qu'il le répare.

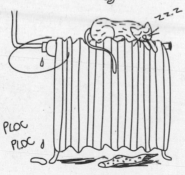

Elle sait pourtant à quel point mon père est un danger public dès qu'il a un outil entre les mains. **SON PROBLÈME ?** *Il ne mesure pas sa force.*

La dernière fois qu'il a planté un clou (pour suspendre un accroche torchons près de l'évier) il a défoncé la cloison qui sépare la cuisine de la salle de bains. Depuis, en petit déjeunant le matin, si tu te penches un peu, tu peux voir la personne qui est sous sa douche. (Le trou est juste à hauteur de fesses, c'est pratique !)

coucou !

Brout

waouh, la vue !

Une autre fois, ma mère voulait absolument une étagère au-dessus du meuble télé pour entreposer sa collection de poupées russes.

Après avoir collectionné pendant des années les boîtes d'allumettes, elle a tout jeté (c'était bien la peine !) et s'est mise à collectionner les poupées russes.

Va comprendre !

Mon père, armé d'une scie circulaire, a donc <u>découpé une planche en prenant appui sur la table basse</u> toute <u>neuve en bois rare</u>, que ma mère venait de faire venir de Suède.

RÉSULTAT,

elle a eu son étagère à poupées russes, mais sa table basse était sciée en plein milieu.

MON PÈRE + ÇA = LA CATA

scie électrique
Fzzzz

Made in Sweden

(Sciée)!

Elle a pleurniché pendant une heure la tête dans les mains :

Éva, qui ne supporte pas de voir maman triste, a été la consoler, et moi j'ai posté une photo de la table coupée en deux sur Instagram en écrivant :

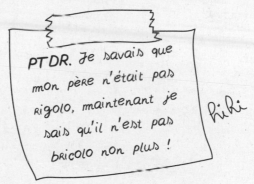

Pour en revenir à **MON RADIATEUR**, une fois encore, papa n'a pas fait dans la dentelle. Il a pris une grosse pince pour resserrer le petit bitoniau et, **schkrac!** le bitoniau lui est resté dans les mains et la mini-fuite s'est transformée en jet d'eau. <u>Ma mère</u> a hurlé comme si on l'assassinait, <u>mon père</u> a insulté le radiateur en le traitant de tous les noms, et <u>Éva et moi</u> étions pliées en deux de rire.

(Sale bête)

(Pauvre ╳╳╳)

(matériel de ╳╳╳╳)

NOOONNN!

HAHAHA!

Miaa

Du coup, ma mère, qui paniquait complètement, nous a engueulées **alors qu'on n'y était pour rien.** Pour une fois..
« Arrêtez de ricaner bêtement, ou je vous colle une punition ! »

Oh l'autre!

> Le sang-froid de ma mère,
> c'est comme la bonne foi
> de mon père : on sait tous
> que ça n'existe pas !

Le temps d'aller couper l'eau, ma chambre était totalement INONDÉE...

J'avoue que, secrètement, je me suis réjouie à l'idée de changer mon matelas pour un deux places 🛏 yes! (c'est quand même mieux que les coussins du canapé étalés sur la moquette, quand on a une copine à dormir).

Mais il y a une chose à laquelle je n'avais pas pensé, c'est que l'intégralité de mes affaires allait, elle aussi, être trempée.

Un dégât des eaux dans mes fringues la veille de la photo de classe !!!!!

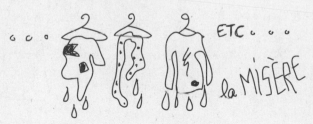

ETC...

la MISÈRE

On a étendu mes fringues, ainsi que mes livres et cahiers, un peu partout dans l'appartement pour les faire sécher. J'ai même pris soin d'étendre **mon slim noir et mon sweat Wasted** sur le radiateur du salon pour qu'ils soient secs pour demain, le jour annoncé de cette fichue **PHOTO DE CLASSE** clic clac... En attendant, mes seuls habits épargnés par le raz de marée (puisqu'ils étaient rangés dans le placard de l'entrée) étaient mes habits de **MONTAGNE.**

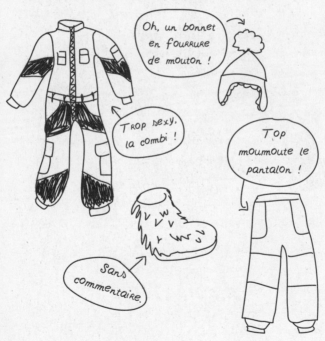

Tout ça pour dire qu'aujourd'hui, j'ai dû porter la
PIRE chose qui m'ait jamais été donnée de porter :

Une POLAIRE ← Ça commence bien
COL ROULÉ à LOSANGES
VIOLETS ET ORANGE.

Orange

Violet

(Ce n'est pas une
blague, ça existe en
vrai ! La pire polaire
jamais fabriquée
dans ce MONDE !)

À VOMIR !

Je vous jure qu'elle donne le mal de mer cette polaire, tellement elle est _affreuse_ ! Tiens, je suis sûre que si tu me mets dans un champ plein de taureaux, ils me chargent tout de suite ! **Des couleurs pareilles, c'est forcément très énervant pour les animaux féroces.**

Cours Fannette !
COUUUUURS !!!...

 ⚠️ **INFORMATION IMPORTANTE :**

Je jure sur l'honneur que personne, dans ma famille, n'a dépensé un centime pour cette polaire ignoble. Encore heureux ! $

Mon père l'a gagnée dans un salon professionnel où il présentait sa société de vérandas.

Merci Papounet, la prochaine fois, pense à ne rien gagner, s'il te plaît ! ☺

Voilà pourquoi, quand Mlle Lumet a pris son air nunuche pour dire : « Oups, je me suis trompée, la photo de classe c'est aujourd'hui », je crois que j'ai été celle qui a crié le plus FORT :

AAAAAHHH NOOOOOON! PITIÉÉÉÉÉÉÉÉ!

On a dû m'entendre jusqu'en Australie !

C'est dommage parce que j'aimais bien Mlle Lumet.
<u>AVANT</u>.

> Les **SVT** sont l'une des rares matières que je trouve utiles. **Au moins, on y apprend des choses concrètes, qui pourront nous servir plus tard.** (Vivement la quatrième avec la reproduction au programme. Ça, ça sert forcément un jour !)

Il m'est (même) arrivé de prendre sa défense quand Sébastien parlait d'elle en disant **« le grillage à haute tension »** à cause de son appareil dentaire.

Attention danger de mort ! Ne pas s'approcher !

(Pas de bol, à 35 ans, elle a des bagues pour redresser ses dents de lapin. Je ne suis pas dentiste, mais vu le boulot qu'il y a, à mon avis, ça ne marchera jamais.)

Mais à partir d'aujourd'hui, désolée Mlle Lumet, l'époque où j'étais de votre côté est terminée.

Le coup de la polaire à losanges sur la photo de classe, VOUS ALLEZ ME LE PAYER TRÈS CHER !

Phrases à graver avec

sur les tables de classe pour

Méthode applicable contre un prof, un élève ou même le principal... (Je prends Mlle Lumet pour les exemples, ça me défoule !)

Pourquoi Lumet sent le graillon ?

Parce qu'Ah Lumet le Barbecue.

Vive le samedi

1

INVENTER UNE BLAGUE (OU JEU DE MOTS) BIEN POURRIE AVEC LE NOM DE LA PERSONNE.

(Avec un peu de chance, elle fera bientôt le tour du collège et lui reviendra même aux oreilles.)

3

EXPRIMER SES TALENTS DE DESSINATEUR EN CARICATURES.

(La trace d'un compas, contrairement aux stylos ou aux feutres, a l'avantage d'être indélébile !)

la pointe d'un compas se venger d'une personne.

LUMET ♡♡
+
CHASSAGNE
=
AMANTS

② LANCER UNE RUMEUR.

(Attention : faire en sorte que ce soit crédible. Si vous mettez Mlle Lumet avec M. Jeunet, le prof d'arts plastiques le plus top modèle de France, personne n'y croira !)

④ CHOISIR UN DÉFAUT DE LA PERSONNE ET L'EXAGÉRER.

Avertissement : soyez très discrets ! En sixième, Charly s'est fait surprendre par M. Ferronet en train de graver « Noémie Coti est un mec ». Il a dû poncer au papier de verre toutes les tables de la classe, ça lui a pris deux matinées !

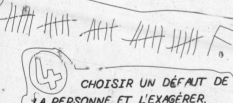

LES PARENTS DE LUMET SONT DES CASTORS !!!

la Photo CATASTROPHE

Attention le petit oiseau va sortir!

CLAC

Cheese !!

ouistiti !

Après le moment de panique qui a suivi l'annonce de Mlle Lumet, j'ai basculé en mode survie. Je devais absolument **trouver une solution**, parce que rien que de m'imaginer avec ma polaire au milieu de notre photo de classe, je suis limite tombée dans le

COMA.

Première solution qui m'est venue à l'esprit :

Foncer me cacher derrière le réfectoire pour que personne ne me trouve au moment de la photo.

Mais je me suis souvenue qu'un jour Emma, une troisième, a raconté qu'elle avait été suivie jusque là-bas par un énorme chien blanc et qu'elle avait dû l'hypnotiser pour lui échapper. ◉

J'ai du mal à y croire (certains disent que cette fille est MYTHO), mais je ne prendrai pas le risque de me faire lacérer le corps par Croc-Blanc.

Depuis que ma cousine Amélie s'est fait mordre par Garrigue, le labrador de son beau-père, je suis terrorisée par tous les gros animaux avec des dents (requins y compris, bien sûr !).

Grrr..

Mlle Lurst

haha

Deuxième possibilité :

Ôter ma polaire au moment où le photographe appuiera sur le déclencheur.

Ce qui revient à dire : **être torse nu sur la photo** (bah oui, je n'avais rien en dessous puisque mes sous-vêtements étaient en train de sécher !)

Malheureusement, je suis bien trop **PUDIQUE** pour ça.

on regarde pas ! Non mais...

Pendant que je réfléchissais, j'ai entendu Jonas se moquer de Vladimir :

Lola, qui prend tout au premier degré et ne comprend rien à l'humour, a pris la défense de Vladimir (dont on soupçonne tous qu'elle est amoureuse) :

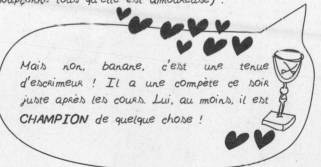

En effet, Vladimir portait sa **tenue d'escrime**.
Et je vous jure qu'une tenue d'escrimeur au collège, ça
donne **L'AIR VRAIMENT CRÉTIN**. J'ai croisé le
regard désespéré de Vladimir et j'ai compris qu'il était
dans **le même état que moi**. (C'était bien la première
fois que j'avais un point commun avec Vladimir
Burowski.)

Comme quoi, la détresse, ça rapproche !

TÊTES DE TROP LA HONTE !

Alors, tous les deux, on a essayé de se sauver en escaladant la grille qui sépare la cour du collège du monde extérieur.

Mais on s'est fait rattraper par M. Bouchard, le **CPE**, qui fumait sa cigarette, caché derrière l'issue de secours du rez-de-chaussée.

Vladimir et moi, on s'est donc retrouvés dans son bureau avec un rapport, et la honte intersidérale quand il nous a reconduits en classe en disant à la prof :

« Je vous ai ramené
ARLEQUIN et son copain
le COSMONAUTE.
Ils avaient décidé de
sortir faire une balade. »

VRAIMENT
TRÈS DRÔLE !

Évidemmment, Jonas et Sébastien ont rigolé comme des ânes Merci la solidarité !
(Cela dit, je pense que moi aussi j'aurais ri à leur place), et Mlle Lumet a étouffé un petit ricanement derrière ses dents de castor.

À **10h20**, ce qui devait arriver arriva : nous avons quitté la salle de Mlle Lumet pour nous diriger vers le CDI, où le photographe nous attendait.

SUR LE CHEMIN :

Clic clac

Marilyn répétait en boucle qu'elle n'avait pas les cheveux lissés,

Chloé ronchonnait qu'elle était en survêt et qu'on allait encore la prendre pour un garçon. *Ah bon ?*

Alexis soufflait en disant : « On s'en fiche de la photo, ce qui compte c'est les notes ! », *quel fayot, celui-là*

et **Charly** (qui est un peu le chouchou de Mlle Lumet depuis qu'elle sait qu'il fait un herbier) a tenté un dernier :

Vous êtes sûre qu'on ne peut pas décaler à demain, mademoiselle ?

Mais la **Grosse Gaffeuse** n'a même pas répondu.

Le photographe nous a placés par taille. Les plus petits devant (donc le pauvre Vladimir s'est retrouvé au centre de la première rangée, **LA PIRE PLACE** quand tu veux te cacher) et moi, entre Kevin (qui me colle depuis que lui et sa famille sont venus dîner chez nous !) et Maeva, tous les deux habillés en noir (pas top non plus pour que mes losanges flashy passent inaperçus).

Je me serais mis un gyrophare sur la tête que ça aurait été plus discret !

Allez les enfants, on sourit !

PFFF... VA MOURIR !

Mais, alors que tout était enfin prêt et que le photographe faisait les derniers réglages de son appareil, l'alarme du collège s'est déclenchée.

(On a su plus tard que c'était Franklin Blois, un troisième qui rackette les sixièmes, qui avait téléphoné pour signaler une _bombe cachée_ sous une paillasse dans la salle de chimie.)

Mlle Lumet a juré « **NOM DE DIEU !** », et Jonas et Sébastien n'ont rien trouvé de plus drôle que de crier :

AUX ABRIS, TOUT VA SAUTER !

Ce qui a fait pleurer Lola qui a peur de tout.
Du coup, le photographe a fait la photo vite fait avant de nous faire évacuer dans la cour.

→ ouste !

(On se souviendra longtemps de cette photo de classe !)

Le résultat va être
un désastre !

BONNE PESTOLUTION N°6

Donner au Secours populaire,
jeter ou brûler systématiquement,
tout vêtement qu'on n'assumera
jamais de porter.

Avant qu'il ne soit trop tard !

(On peut aussi en faire des
torchons ou des serpillières.)

Cheveu perdu
à cause du Stress

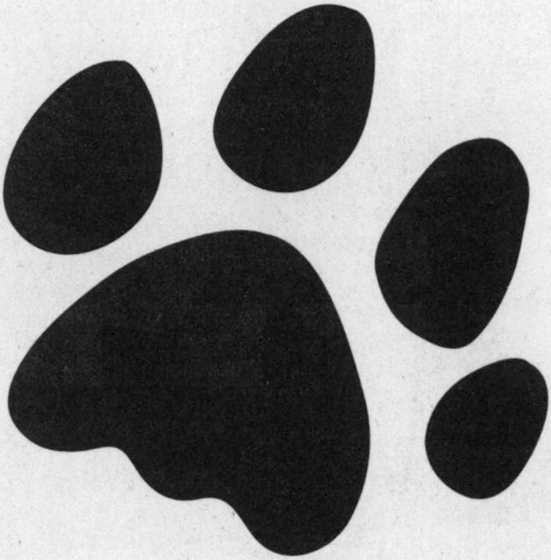

NOM D'UN CHAT

Nounouche a fait des petits !

Depuis quelques semaines, maman n'arrêtait pas de dire qu'elle avait un **GROS** ventre.

Ah bon ? Tu trouves ? Peut-être qu'elle fait une déprime et qu'elle compense en mangeant trop de croquettes... (PROZAC.) ben voyons...

Papa ne comprend rien aux animaux.
EN FAIT, IL LES DÉTESTE.

Il y a un peu plus de deux mois, mes parents sont partis voir **Mamina** en Savoie.

Mamina a **82 ANS !**

Elle était assez malade, et, comme elle n'est plus toute jeune, je crois qu'ils ont eu peur qu'elle ne **MEURE**. SNIF

Alors ils n'ont pas réfléchi et ont <u>FONCÉ</u> passer trois jours là-bas. Moi aussi, j'ai eu peur pour **Mamina**, d'ailleurs. Parce que, même si elle est sourde comme un pot, **je l'aime vraiment beaucoup.** ♥♥♥

Elle est <u>cool</u>, comme grand-mère, et puis elle habite à la montagne, ce qui est bien pratique pour le ski en hiver.

Tout Schuss !

Merci Mamina chérie ♥♥

Bref, c'était la première fois qu'Éva et moi restions toutes seules plusieurs jours à la maison.

Hip Hip Hip!

Éva, quand elle avait 3 ans, a fait un caprice interstellaire pour adopter un chat.

Je veux !!! un chat !

Nos parents ont fini par accepter, mais à une seule condition : **LE CHAT NE SORTIRAIT PAS DE L'APPARTEMENT.** Pas question de le promener au bout d'une laisse ou de l'emmener en vacances avec nous. Du coup, quand on part en vacances, c'est **Mme Chiron**, la voisine du premier (complètement à fond avec les animaux !), qui viendrait le nourrir et le caresser chaque jour.

cui cui

BZZ

Mme CHIRON

marché conclu !

youpi !

Miaou !

Nounouche est arrivée chez nous, il y a deux ans et n'a jamais vu autre chose que les quatre murs de notre appartement.

Quand les parents sont partis voir **Mamina** et qu'on est restées **TOUTES SEULES**, ça a fait **TILT !**

C'était l'occasion rêvée de **faire découvrir le monde à Nounouche**. Éva n'était pas d'accord, au début. Elle avait peur de désobéir. Mais je lui ai dit que si on avait toujours peur de tout, on ne ferait jamais rien de marrant dans nos vies. Je lui ai acheté des esquimaux fraise chocolat (ses préférés) et elle a fini par accepter.

la gourmandise l'emporte toujours !

EN ROUTE MINOU !

Mais, comme je n'ai qu'à moitié confiance en elle, je lui ai fait signer un **CONTRAT DE CONFIDENTIALITÉ**. Au cas où.

PAS FOLLE la GUÊPE !

CONTRAT DE
pour situation

Si je parle aux parents

Nounouche pendant leur

de graves représailles, du

OU « douche glacée ».

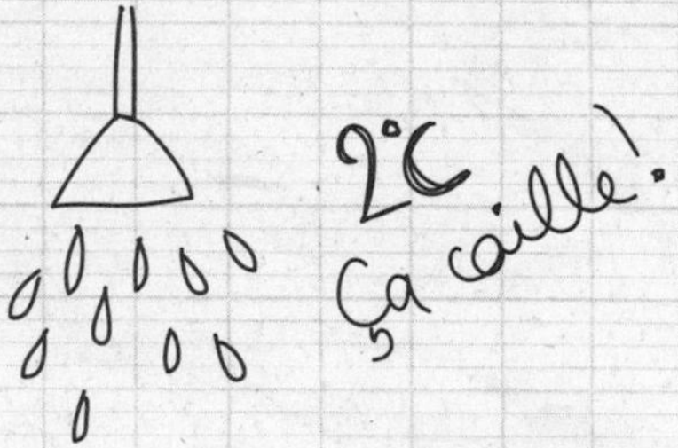

2°C
Ça caille!

CONFIDENTIALITÉ
exceptionnelle

de ce qu'on a fait avec

absence, je m'expose à

genre « torture de doudou »

AÏE

Signature :

éva

Nous sommes donc sorties avec Nounouche.

Je l'avais **cachée dans mon sac à dos**, au cas où on croiserait Mme Chiron dans l'ascenseur. (Elle a bien une tête de cafteuse, celle-là).

Quand on est arrivées au parc de la **Rue des Peupliers** **ON A LIBÉRÉ NOUNOUCHE**. Elle tremblait de partout et avait fait pipi au fond de mon sac. **GÉNIAL !** Elle s'est tapé la peur de sa vie, enfermée dans le **NOIR** pendant vingt minutes puis lâchée dans un environnement totalement inconnu, mais c'était pour la meilleure des causes qui soient :

LA LIBERTÉ !

J'imagine que si on relâchait un dauphin de Marineland dans l'océan, il serait en **TOTALE PANIQUE**, au début. Et puis, il finirait bien par s'en sortir.

Comme Nounouche

Au bout de quelques minutes, **Nounouche était calmée**. Elle a fait quelques pas vers le bac à sable, où elle a fait caca (Éva a ramassé le plus gros avec son bâton d'esquimau et l'a jeté dans un buisson).

Après ça, elle semblait plus détendue.

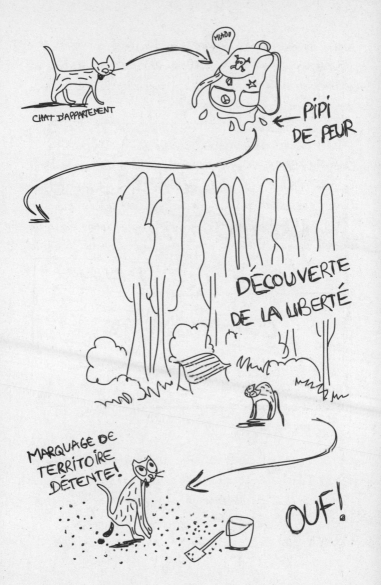

213

Dans la salle de M. **Chassagne**, mon prof d'histoire-géo, il y a une phrase que j'adore, affichée en grand au-dessus du tableau :

« *La liberté appartient à ceux qui l'ont conquise.* »

André Malraux

Je suppose que c'est quelqu'un d'important comme un **homme politique** ou un **champion de formule 1**, mais J'EN SAIS RIEN.

Tout se passait bien pour Nounouche, qui découvrait tranquillement le goût de l'herbe,  *Hum de l'herbe...* jusqu'au moment où un couple de vieux a déboulé avec son **CHIEN**. Une grosse bestiole beige à poil long, même pas tenue en laisse !

Le molosse a coursé Nounouche qui s'est enfuie plus vite que l'éclair. Les vieux ont eu un **MAL DE CHIEN** (ha ha, jeu de mots !) à rattraper leur **CHIEN** (justement).

WOUF

Bibou viens ici !

MIAAAOU

Quant à Éva et moi, on a cherché Nounouche jusqu'à la tombée de la nuit, avant de rentrer à la maison, bredouilles. C'était franchement la **LOOSE** !

SNIF

Ce soir-là, consoler ma sœur a été l'une des plus difficiles missions de ma **VIE** Votre mission si vous l'acceptez...

J'ai bien cru qu'elle allait mourir déshydratée tellement elle a versé de larmes.

OUIN ma nounouche

Si tu veux demain je t'achète des bonbons qui piquent ! une poupée ? pffff

PIN PON

BONNE PESTOLUTION N°7

Toujours avoir un os empoisonné
au somnifère sur soi,
pour donner aux gros chiens pas
attachés dans les parcs.

(Un steak ou une côtelette, c'est
bien aussi, mais ça se conserve
moins longtemps, et ça tache.)

Mais le lendemain matin, **MIRACLE** sur le paillasson :

Nounouche était revenue.

(Elle doit avoir un **GPS** incorporé au cerveau, c'est pas possible autrement !)

Deuxième inondation de larmes. De joie, cette fois.

⚠ Ce qu'on ne savait pas, à ce moment-là, c'est que Nounouche ne s'était pas ennuyée pendant son escapade. Elle avait croisé sur sa route un _JOLI MATOU_, ils s'étaient fait des câlins toute la nuit.

RÉSULTAT : 4 CHATONS.

Trois noirs plutôt costauds et un minus tout roux. On dirait un petit écureuil perdu, il est trop mignon, et moi qui, pourtant, ne suis pas gaga des chats, là,

Mon père a fait un concert de hurlements quand il a découvert les chatons dans le placard à chaussures de l'entrée. Il a cassé le pied de lampe en donnant un coup de savate dedans, et il nous a convoquées pour une explication. On était TRÈS TRÈS TRÈS mal !

DANS MON BUREAU ! CRAC

Qu'avez-vous à dire pour votre défense ?

Nounouche n'étant jamais sortie de l'appartement, je pense que le père doit être le bon Dieu des chats.

(Je sais, c'est pas terrible, mais j'ai rien trouvé de mieux.)

Éva, qui avait signé un **CONTRAT DE CONFIDENTIALITÉ**, a réussi à tenir sa langue.

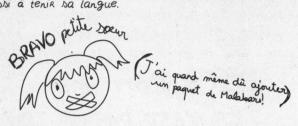

Et après une demi-heure d'interrogatoire, les parents sont tombés d'accord pour dire que **cette** **grossesse** restait un **MYSTÈRE**.

Éva a supplié maman de **garder les quatre chatons**, en promettant de leur construire avec des boîtes de céréales vides un genre de super village sous son lit. Mais mon père est devenu <u>rouge écarlate</u> et a hurlé :

« J'AI DIT NON !
CE N'EST PAS UN ZOO,
ICI ! »

Et BANG! Nouveau coup de savate dans le pied de la lampe déjà cassée.

DEAD !
LA LAMPE †

En attendant, il allait falloir donner des noms à toute cette petite tribu poilue.

★★

Charly a appelé son chat **MÉDOR**.
(Il voulait absolument un chien, ses parents lui ont pris un chat. Tant pis pour eux !)

miaouf

MÉDOR

Suggestions de noms à
en fonction de leur couleur et

![chat]	♀♂	Chat ROUX	Chat NOIR
NOMS BANALS (pour chat ordinaire)	Femelle	Noisette	Baguera
	Mâle	Caramel	Noiraud
NOMS POURRIS (pour chat qu'on n'aime pas) berk	Femelle	Ferraille rouillée	Soutane
	Mâle	Miel Pops	Mazout
NOMS ORIGINAUX (conseillés par Fannie) ☺	Femelle	Flamme	Réglisse
	Mâle	Halloween	Dark Vador

donner à des chats
de l'affection qu'on leur porte.

Chat BLANC	AUTRES chats
Perle	Minette
Flocon	Gribouille
Javel	Pustule
Slip	Désastre
Chantilly	Nounouche spécial dédicace à Éva
Iceberg	Bidule

Mais le mieux pour être **VRAIMENT TRÈS ORIGINAL**, ça reste de choisir un nom auquel personne n'aurait pensé pour un chat.

Par exemple :
fourchette, piano, pneu ou oreillon.
C'est pour ça que j'ai choisi d'appeler le petit ROUX **CHEVEU**.

Ma nouvelle prof de français est une barge

La semaine dernière, Mme Chevreuil est partie en congés maternité. (Snif snif ! Finis les débats géniaux.) Inutile de préciser que chez les boloss du collège, ça rigole pas mal sur son compte. Benjamin a même misé sa casquette du Mondial 2014 qu'elle allait appeler son fils Bambi !... **Bambi Chevreuil**, j'avoue que ça m'a fait rire.

Depuis, elle est remplacée par une certaine Mme Tukan. **Whoooah!** Plus sévère tu ne peux pas, et si je devais donner un conseil aux gens de sa famille, je leur dirais de se cotiser pour lui acheter un sourire !

« Avec Mme TURAN, TURAN tes devoirs à l'heure sinon TURANtres pas chez toi ! »

Blague circulant dans la classe et inventée par Sébastien. ✾

Mme Turan, plus sévère, tu meurs !

✾ Sébastien = champion du monde des blagues et jeux de mots lamentables !

Moi j'ai remarqué tout de suite que si tu remplaces le **U** de Turan par un **Y**, ça donne :

TYRAN

Au secours, À l'aide...

Franchement, ça ne peut pas être un hasard, un truc pareil... surtout quand tu connais le phénomène !

Aujourd'hui, la leçon de **TYRAN** portait sur les <u>acrostiches</u>.

« Les quoi ?!! » c'est Lola, ma voisine de table, qui s'est écriée ça quand Tyran a prononcé le mot.

« LES ACROSTICHES. »

On est tous restés avec un air bête, mais la prof a quand même demandé si quelqu'un avait déjà entendu ce terme.

William a dit que c'était sûrement le nom d'un crustacé, parce que ça lui avait fait penser à une langoustine trempée dans de la mayonnaise.

TYRAN lui a jeté une craie (en plein dans le front) et dit qu'il ne faut pas faire semblant de savoir quand on est <u>NUL</u>. Puis, Marguerite a fait remarquer qu'Acrostiche ressemblait à SOUZY-LA-BRICHE, le nom de la ville où habite sa cousine.

TYRAN a donné un coup de poing sur la table en hurlant qu'elle se fichait de sa cousine et qu'on était vraiment une génération d'incultes.

LES ACROSTICHES. Moi, je n'avais jamais entendu ce mot nulle part. Mais, à l'intuition, j'aurais pensé que c'était le nom d'une maladie de peau genre eczéma ou d'une plante carnivore extraterrestre.

ACROSTICHES
arroser souvent
attention les doigts

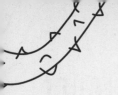

EH BIEN PAS DU TOUT !

Un acrostiche est une liste de mots (ou phrases) dans laquelle les premières lettres de chaque mot (ou phrase) composent un autre mot.

Je sais, c'est pas très clair, dit comme ça, alors je vous donne un exemple :

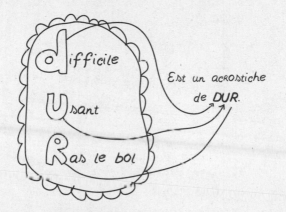

difficile

Usant

Ras le bol

Est un acrostiche de **DUR**.

En fait un acrostiche, c'est un truc de la langue française plutôt compliqué et qui sert à rien, mais moi, ça m'a donné des idées... hi hi hi

Faire des ACROSTICHES

a b c d e f g h i j k l m n

Les meilleures cibles pour les acrostiches à mettre dans son journal sont les personnes les plus proches de nous et qui, de préférence, nuisent le plus à nos vies.

Donc, en première ligne, évidemment :

LES PARENTS !

Vous pouvez faire des acrostiches _sympas_, ou des _moins sympas_, mais l'idée est de ne jamais mentir dans un acrostiche. Autrement dit, de trouver des mots (ou phrases) qui se rapportent vraiment à la personne que vous décrivez.

avec les prénoms
des gens qu'on connaît

o p q r s t u v w x y z

exemple :

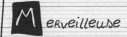
M erveilleuse

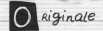
O riginale

i déale

Est un acrostiche de **MOi**

Ok, je me lance des fleurs, mais je fais ce que je veux, c'est MON journal !

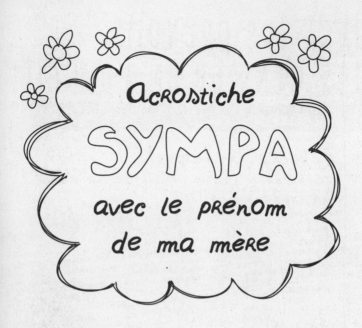

Acrostiche
SYMPA
avec le prénom
de ma mère

Mes copains disent toujours :

« Elle est vachement sympa, ta mère ! »...

Je n'ai jamais vraiment compris pourquoi. Même si, je le reconnais, elle n'a pas que des défauts... mais c'est un peu le cas de tout le monde, non ?

SUPER GAUFRES

Parce que, franchement, celles de ma mère
sont les meilleures que j'aie jamais goûtées
(sauf quand elle ne les fait pas assez cuire
et qu'elles collent aux dents du fond).

OH LÀ LÀ LÀ, LA CATA ! *⋆

Son expression favorite. Personne ne sait pourquoi,
mais ça fait rire mon père.

NOËL

Parce qu'elle m'offre toujours au moins un
cadeau sympa à Noël, même si souvent tous
les autres sont nuls.

IRIS

> Vous l'aurez compris :
> ma mère s'appelle SONIA.

Sa fleur préférée. C'est pour ça qu'Iris est mon
deuxième prénom. (Heureusement qu'elle ne
préfère pas les géraniums !)

AMUSANTE ☺

Surtout quand elle joue aux raquettes sur la plage
et qu'elle s'énerve en jetant du sable en l'air
parce qu'elle ne rattrape aucune balle. Après, elle
en a plein les yeux, et elle râle encore plus fort.

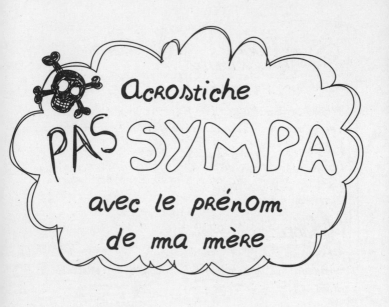

Acrostiche
PAS SYMPA
avec le prénom de ma mère

Dommage qu'elle n'ait pas un prénom plus long, genre Géraldine ou même Marie-Antoinette, parce que là, j'ai plein d'idées !

SARDINES À L'HUILE

Ce à quoi elle ressemble quand elle s'enduit de monoï, l'été, sur la plage.

ORANGE POURRIE

Comme la couleur de sa nouvelle teinture de cheveux. Ça fait mal aux yeux !

NULLE AUX ÉCHECS

Bah, parce qu'elle est vraiment très nulle aux échecs. Elle n'a toujours pas compris que le fou avance en diagonale.

INSPECTEUR DES TRAVAUX FINIS

Dès qu'il s'agit de mes devoirs de maths.

 $2x + 3y$

AU SECOURS, MA MÈRE EST CHIANTE !

Cette pensée qui me traverse l'esprit au minimum 150 fois par semaine.

Pfff...

je t'aime quand même mamounette ♡ ♡

Acrostiche
SYMPA
avec le prénom
de mon père

youpi

Même si c'est assez rare, il est quand même sympa
quelques fois... Surtout en vacances.

pirouette
cacahouette

Jardiner

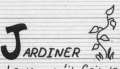

Le truc qu'il fait le plus après parler de son travail.

Eté

La saison où il est le plus souvent de bonne humeur. Surtout à l'heure du barbecue.

Ananas

Son fruit préféré. C'est pour ça qu'Éva et moi lui avons offert une paire de chaussettes avec des ananas dessus pour la fête des pères. C'était une grosse blague, mais, apparemment il n'a pas compris et les porte au moins une fois par mois. Au secours !

Neuf ans

L'âge que j'avais quand j'ai enfin eu une chambre pour moi toute seule... et qu'il s'est fait un lumbago en la repeignant.

> Vous l'aurez compris : mon père s'appelle JEAN.

Acrostiche pas SYMPA avec le prénom de mon père

Pareil que pour ma mère. Dommage qu'il n'ait pas un prénom plus long... et surtout qu'il n'y ait pas de I comme **Injuste** dans son nom !

(Avec lui, c'est toujours moi qui prends, et ma **SŒUR** qui est un ange.)

INJUSTICE!

J E PUE

Quand il rentre de son footing, on le sent jusqu'au premier étage.

E STHÉTIQUEMENT, PEUT MIEUX FAIRE

La moustache, franchement, ça ne se fait plus depuis 5000 ans.

A USTRALIE

Parce que les fois où il est de mauvaise humeur, je rêve qu'il part vivre là-bas tout seul et qu'il ne revient jamais.

adieu papounet

N E TE LA PÈTE PAS TROP QUAND MÊME

C'est mon père, ok, mais c'est pas une raison pour qu'il sache tout mieux que moi !

PRÊTS POUR L'ADOPTION

Au fait, ça y est : **les chatons de Nounouche ont tous un prénom.** (Éva leur a même confectionné des genres de cartes d'identité ultra nulles vu qu'elle ne sait quasiment pas écrire !)

Comme il y avait ④ chatons, et qu'on est ④ à la maison, Éva a absolument voulu qu'on choisisse chacun un nom.

NOUNOUILLE

CHOISI PAR ÉVA. Parce que ça ressemble à Nounouche et que comme c'est son petit... bref, no comment !

BLACK NIGHT

Évidemment **CHOISI PAR MA MÈRE**, qui case ses mots d'anglais partout.

BOUDIN

CHOISI PAR MON PÈRE qui n'aime pas beaucoup les animaux, on en est sûrs maintenant !

CHEVEU

CHOISI PAR MOI, comme vous le savez. Avouez que c'est le mieux !

Ils se portent très bien. Le couvre-lit de mes parents peut en témoigner : il est complètement déchiqueté !

Si on ne leur trouve pas rapidos des familles d'accueil, je crains que mon père ne finisse à l'asile pour multi-chaticide !

SALES CHATS !

SORTEZ DE MON LIT OU JE VOUS CRAME !!

Toujours la grâce de mon père !

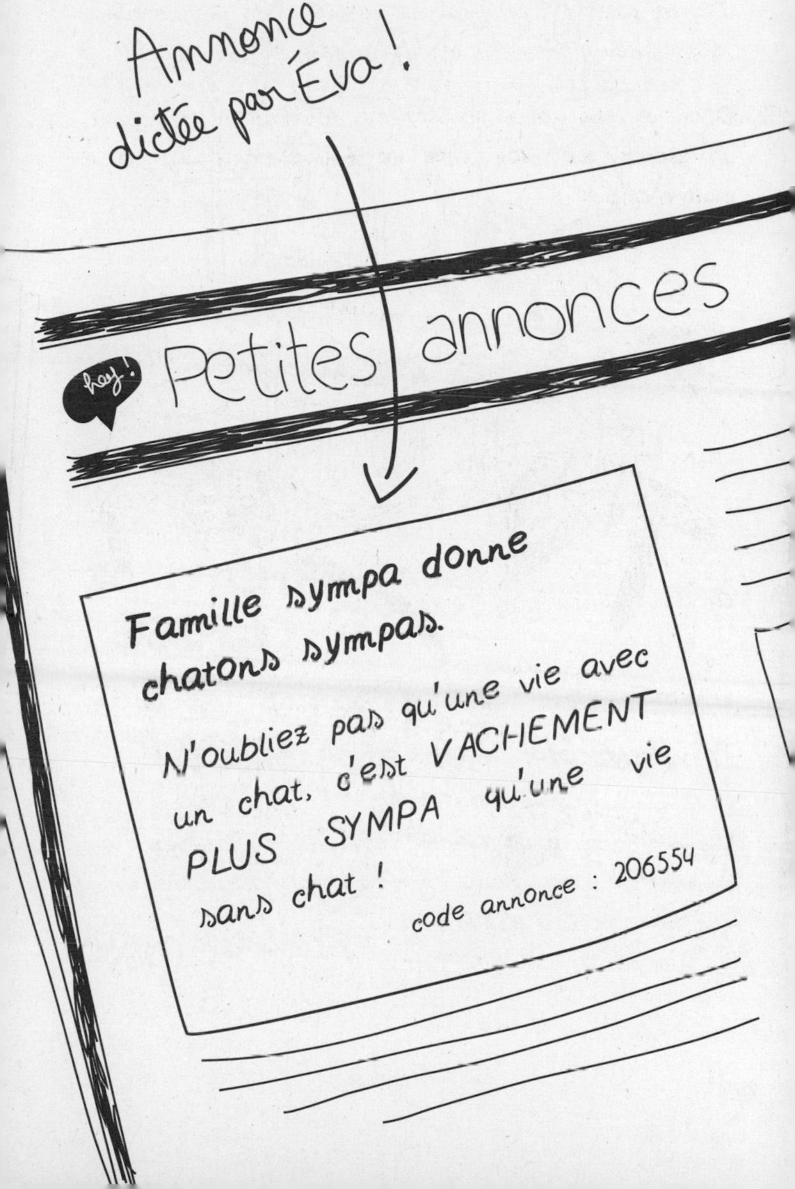

Annonce
dictée par Éva !

hey. Petites annonces

Famille sympa donne
chatons sympas.

N'oubliez pas qu'une vie avec
un chat, c'est VACHEMENT
PLUS SYMPA qu'une vie
sans chat !

code annonce : 206554

LE MAL EST FAIT !

Aujourd'hui, on a enfin reçu notre **PHOTO DE CLASSE**

et, comment dire... *Le désastre va bien au-delà de mes espérances !*

Comme *l'alarme de l'école* s'était déclenchée juste au moment de notre photo de classe, le photographe avait déclenché en **CATASTROPHE**. clic clac OUPS

➡ La moitié des élèves sont flous.

Marilyn est totalement cachée derrière ses longs cheveux (non lissés), Jonas est de dos parce qu'il se disputait avec Benjamin qui lui tirait les petits cheveux qui font mal en haut de la nuque, Charly a les yeux fermés, Lola pleure, Marguerite et Solène ont l'air paniqué, Kevin est caché par le bras de Sébastien et Yûji est en train d'éterner. Atchoum

Quant à Vladimir, on dirait vraiment un astronaute égaré dans un collège (genre cherchez l'intrus), et ma polaire à losanges violets et orange, eh bien, comme prévu :

ON NE VOIT QUE ÇA!

La seule qui a l'air contente d'être là, c'est Mlle Lumet. Heureusement. Maximilien lui fait les oreilles d'âne au-dessus de la tête. Elle l'a bien mérité !

Lumet = grosse baffeuse

Bref, cette photo de classe est COLLECTOR !
Et je vous jure que si on avait voulu faire exprès de la rater à ce point, on n'aurait pas réussi !

NOOOOON !

Au secours !

Je viens d'apprendre une chose HORRIBLE :

TOUS les parents des élèves de ma classe ont l'intention d'acheter la photo !

Ça veut dire que 21 exemplaires de cette photo seront quelque part en circulation dans le monde.

AAAAAAAAHHHHHH!

flou

horrible

nul

humiliation totale

21 exemplaires, c'est 21 de trop !

On va tous être obligés de se faire refaire le visage !

Mon futur visage

En attendant, pour me détendre, je vais m'enfermer dans ma chambre et m'amuser au petit exercice rigolo que je fais chaque année au dos de mes photos de classe, à l'endroit où, normalement, on écrit les noms des élèves.

Rebaptiser les élèves

Pour que ce petit amusement ait un intérêt, je vous conseille de faire en sorte que le nom associé à chaque élève soit le reflet de qui il est vraiment.

Je vous donne un exemple avec mon nom :

Fannette Barton (FB) ▸ Folle Beauté

Bon, là, j'ai un peu exagéré, mais c'est pas de ma faute si j'ai ces initiales-là. Hi hi ! Oh, ça va, on peut rigoler !

mia mia

* Solène BACRI (SB) ▸ Solennellement Bébête

* Marilyn PERILLON (MP) ▸ Miss Prétentieuse

* Lola DREUX (LD) ▸ Limite Débile

* Maeva SANTOS (MS) ▸ Madame Silence chut

• Vladimir BUROWSKI (VB) ▸ V'là le Bébé

• Jonas ROLET (JR) ▸ Juste Ringard

de sa classe à partir des initiales de leurs noms

- Sébastien BARRAULT (SB) ▶ Super-nul en Blagues _haha_

- Yuji MOTTO (YM) ▶ YouTube Maniaque ♪♪♪

★ Marguerite THOMAS (MT) ▶ Mur de Taches _Rapport à ses taches de rousseur_

- Maximilien COURTIER DU BARRY
  (MCB) ▶ Méga Cancre du Bahut ⚡

- Alexis ARBILLOT (AA) ▶ As des As

- Benjamin TORAY (BT) ▶ Best of Tocard

- Kévin VANIER (KV) ▶ Kékette Verte

- William LABOUISE (WL) ▶ Wagon de Lard

- Charly FARMOUX (CF) ▶ Cool comme des Frites

★ Chloé MENU (CM) ▶ Championne de Marathon

- Blaise OURY (BO) ▶ Buse en Orthographe

★ Linda CHEFSON (LC) ▶ Lutin Cool

En avant la musique!

DIMANCHE À 18H,
PREMIER CONCERT DES

DEEP
DUSTY

VENEZ
NOMBREUX !

dans le hangar du garage Peugeot
des parents de Lucas.

C'est des **OUFS** ils ont carrément fait des **TRACTS** !

Linda, des étincelles dans les yeux, en attrapant la petite photocopie que tendait **Vincent** (le beau gardien de but de mon ancien club de handball) à la sortie du collège.

VINCENT

le BG de chanteur
(Beau gosse)

┌─────────────────────────┐
│ Info Top Secret VIP : │
└─────────────────────────┘

Depuis qu'elle l'a vu arbitrer mon premier match de hand, l'année dernière, **Linda craque pour Vincent.** ♥ ♥
Match mémorable puisque je me suis retourné un pouce ➕ en essayant de rattraper le ballon et que j'ai décidé d'arrêter le hand

À TOUT JAMAIS.

CRAC!

Vincent s'est mis à la guitare et a monté un groupe avec deux copains. Il ne parle plus que de ça sur sa page Facebook.

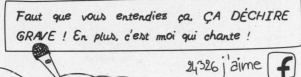

Faut que vous entendiez ça, ÇA DÉCHIRE GRAVE ! En plus, c'est moi qui chante !

24 326 j'aime

Charly et Blaise connaissent **Lucas, le bassiste du groupe**, car leurs pères jouent au tennis ensemble. Ils ont assisté à une répétition dans le sous-sol de la maison de Vincent, entre le linge qui sèche et les vélos de la famille. C'était **FOLKLO**, apparemment !

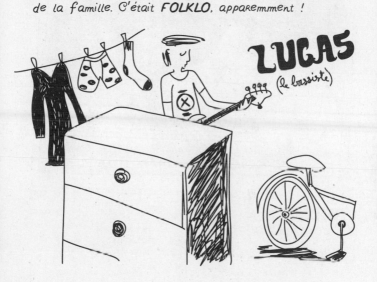

LUCAS
(le bassiste)

Blaise a fait quelques photos avec son portable, mais comme c'était très **SOMBRE**, on n'y voyait rien à part les fringues qui séchaient en premier plan.

(Photographe, c'est un métier !)

Et même pour les photos de classe ! clic clac

Oh, un caleçon hamburger !

les yeux de Vincent !

Marguerite a pris un tract aussi et s'est écriée, toute fofolle :

MOI J'Y VAIS !
Au cas où il cherche une **flûtiste**. S'ils me font passer une audition, je leur jouerai Zaz.

C'est ça !
Dans tes rêves !

Blaise lui a rappelé que la flûte traversière dans le **ROCK**, ça le faisait moyen, mais Marguerite a rétorqué :

Justement !
C'est ça ma force :
L' O-RI-GI-NA-LI-TÉ !

➡️ Et elle est partie rejoindre Lola, en se la jouant **crâneuse**. pfff...

Les DEEP DUSTY

ÇA ASSURE BIEN comme nom de groupe.

Comme dit Blaise : « Ça fait groupe qui vend des millions d'albums comme Daft Punk ! »

Sauf que Yûji (qui parle anglais couramment) nous a traduit DEEP DUSTY en français. YÛJI = M. LANGUES

DEEP DUSTY = PROFONDÉMENT POUSSIÉREUX

Ça le fait tout de suite moins !

Voilà pourquoi des tas de groupes français choisissent des noms anglais. Ça peut vouloir dire n'importe quoi, du moment que ça fait **« groupe qui vend des millions d'albums »**, on s'en fiche. $

TROIS jours plus tard, on était presque (70), entassés dans un hangar qui sent l'essence de voiture, à attendre le début du **PREMIER CONCERT DES PROFONDÉMENT POUSSIÉREUX.**

ah ah ! ???

J'ai les jambes qui tremblent tellement je suis **TROP** impatiente !

LINDA

GARAGE DE LA ZIC

closed

eh, poussez pas derrière !

Je ne connaissais pas les trois quarts des personnes présentes. C'étaient **presque tous des quatrièmes**, comme Vincent, mais j'ai bien repéré Marguerite, Lola et Marilyn au premier rang. Elles sautaient sur place (alors que le concert n'était même pas commencé), et ricanaient super fort pour se faire remarquer. **Surexcitées !**

Un troisième leur a dit :

- « Hey les filles, personne ne vous a prévenues ? »
- « Non, quoi ? » SUPER INQUIÉTUDE
- « On n'est pas au concert des One Direction ! **FAUT SE CALMER.** »
hahaha !

Les copains du mec ont rigolé et les trois filles se sont vexées tellement qu'elles ont abandonné leurs places au premier rang pour partir plus loin. Looseuses...

Puis, d'un coup, des lumières de chantier se sont allumées et on a découvert le groupe sur la scène. Enfin quand je dis la scène... Il s'agissait en fait d'une remorque de dépannage.

Avec un peu d'imagination, je vous jure qu'on se serait cru à Bercy !

Non, je rigole !

Le concert a commencé. Le son était assez pourri, ↓
on n'entendait que la batterie Chacaboum et, dès que
Vincent chantait dans son micro, on se prenait un MÉGA
LARSEN dans les oreilles. Mais tout le monde était à
fond et franchement, **ça le faisait pas mal.** **COOL**

Linda, Blaise, Charly et moi, **on a dansé comme des
fous** en bougeant les bras au-dessus de nos têtes, et
je me suis dit que jouer dans un groupe, c'était quand
même vraiment *LA CLASSE !* ♪ ♪

Après le dernier morceau, qui s'appelait <u>My love</u> (original
comme titre, pas besoin de Yûji pour traduire !), **Vincent
a présenté ses deux musiciens.**

Mesdames, messieurs,
veuillez applaudir ...

Il fait une chaleur
ici, non ?

263

À ce moment-là, le batteur s'est levé de derrière sa batterie, et je l'ai RECONNU.

Théo Ulmer n'est autre que Théo, l'amoureux de mes 6 ans, rencontré au cours d'éveil musical et jamais revu depuis ! À l'époque, on tapait sur des tambourins ensemble ! *chikichiki* ♫

264

Je suis restée comme **hypnotisée**. 🌀) Je devais avoir un air vraiment spécial, parce que Linda m'a dit que j'étais **toute blanche** et Charly m'a demandé si tout allait bien. Pour tout dire, je ne sais pas si tout allait <u>très bien</u> ou <u>très mal</u>, mais je me sentais toute bizarre, le cerveau complètement à l'envers.

Regard idiot

Teint livide

chair de poule

Coeur qui bat à cent à l'heure

Je crois que j'ai tout de suite su ce qui m'arrivait :
le coup de foudre !
Incroyable mais vrai !

Moi qui pensais que c'était un mythe, une chose dont tout le monde parle mais qui n'arrive jamais...

♥ ♥ ♥ ♥ ♥ ♥ ♥ ♥ ♥ ♥ ♥ ♥ ♥ ♥ ♥ ♥ ♥

À partir de maintenant, il y a une nouvelle priorité dans ma vie :

REVOIR

THÉO

ULMER

♥ ♥ ♥ ♥ ♥ ♥ ♥ ♥ ♥ ♥ ♥ ♥ ♥ ♥ ♥ ♥ ♥ ♥

À BIENTÔT !

Je trouve une astuce pour me faire offrir un nouveau cahier et je reviens.

Journal d'une PESTE 2

Parole de peste !

À nos pestomuses Maïa, Leïla et Julie (la troisième du clan des A), ainsi qu'aux adorables cancres Simon et Soa.

Aux pirates de nos cœurs : Thibault et Ronan (modèle malgré lui du beau Théo Ulmer).

Un gros MERCI ému à Thomas Leclere et à Béatrice Decroix d'avoir adopté Fannette dès le premier regard...

Elle n'a pas fini de vous en faire voir !

PETITE HISTOIRE
DES AUTEURES DE CE LIVRE :

En 1982, Virginy renverse le bac à litière du chat dans le bain
de sa sœur Marie-Anne, pour se venger du fait qu'elle ait
déchiré toutes les cartes de son jeu préféré : le 1000 Bornes.

« Vous êtes vraiment des petites pestes ! »

*Là, c'est leur
mère qui parle.*

Bien des années plus tard, Virginy, devenue auteure, et
Marie-Anne, illustratrice, cessent enfin de se chamailler. Et
unissent leurs *pestoénergies* pour conter la vie d'un adorable
petit « a̶n̶g̶e̶ » prénommé Fannette.

DÉMON

*c'est moi
héhé !*

Cet ouvrage composé par
PCA – 44400 Rezé

Imprimé en France par CPI
en novembre 2018
N° d'impression : 3031049
S27643/07

Pocket Jeunesse, une marque d'Univers Poche,
est un éditeur qui s'engage pour
la préservation de l'environnement
et qui utilise du papier fabriqué à partir
de bois provenant de forêts gérées
de manière responsable.